双葉文庫

蘭方医・宇津木新吾

# 別離

小杉健治

目次

# 蘭方医・宇津木新吾 別離

# 第一章　急患

## 一

文政《ぶんせい》十二年(一八二九)一月末。長崎遊学を終えて江戸に戻り、宇津木新吾《うつぎしんご》が常盤《ときわ》町二丁目にある村松幻宗《むらまつげんしゅう》の施療院で治療をはじめて一年になろうとしていた。

雑草と石ころ交じりの空き地に建っている掘っ建て小屋のような大きな平屋が幻宗の施療院である。大名の下屋敷の塀がすぐ近くに見える。

施療院はきょうも患者でいっぱいだ。貧しい人間は病気になっても医者にかかることは出来ない。だが、この施療院は患者から金をとらない。貧しい患者はもとより裕福な患者にも無報酬で診療をしている。

裕福な患者もただで診ているのは平等を期しているからだ。金のあるなしで、患者に対する態度は変えない。それが、幻宗の医者としての信条だ。

それで、よく施療院が成り立っていると、新吾は不思議だった。住み込みで働いている医師たちの報酬や賄《まかな》い費など、金のいることはたくさんある。

幻宗の背後には有力な金主《きんしゅ》がいる。新吾はそう考えた。そして、その金主でないかと新吾が睨んでいたのが、眼医者で奥医師《おくいし》の土生玄碩《はぶげんせき》である。

玄碩は一介の藩医から奥医師にまで上り詰めた男である。白内障の施術である穿瞳術《せんどうじゅつ》を会得し、眼病を患うひとびとを治して名声は高まり、大名の姫君の重い眼病を治したことが江戸中の大評判になった。引きも切らず患者は押しかけ、莫大な財産を築いたと言われている。

玄碩の貯えは半端でないという噂《うわさ》だった。患者からの薬礼《やくれい》を無造作に袋に貯め、その重さで床が抜けそうになったというほどだ。大名などにも金を貸しているという。

幻宗の施療院が患者から金をとらずにやっていけるのは、玄碩から金が出ているからではないかと思っていた。

そう思ったのにはわけがある。ときたま幻宗に会いに来る多三郎《たさぶろう》という男が玄碩の屋敷に出入りをしていたからだ。

ところが、玄碩は去年八月に起きたシーボルト事件に連座して投獄された。屋敷、財産は没収されたのだ。

玄碩の失脚と共に、幻宗の施療院も終わる。そう危惧していたが、影響はなかった。幻宗が否定したように、金主は玄碩ではなかったのだ。

では、金主は誰か。そのことは、まだわからなかった。

新吾は海辺大工町《うみべだいく》に住む為吉《ためきち》という年寄りを診察していた。最近になって、やっと咳《せき》も治まってきて、食欲も出てきたという。

「明日から仕事に出ていいでしょう。ただ、もうしばらく薬は飲んでください」

為吉は鍋や釜を修理する鋳掛《いか》け屋だ。近くの長屋でひとり暮らしである。

「先生、助かったよ。まだ、働かなければならねえんでな」

「無理はなさらないで。お酒もほどほどに」

幸いなことに、風邪をこじらせただけだった。

「そこが難しい」

苦笑して為吉を見送って、助手のおしんが次の患者を呼ぼうとしたとき、「幻宗先生、急病人だ」

と、玄関で騒ぐ声がした。

「幻宗先生はお出掛けです」

おしんが言う。幻宗はときたまどこかに出かけて行く。金主のところかもしれない。

診察を待っている通い患者も騒いでいる。

「行ってみます」

新吾は立ち上がって療治部屋を出て、玄関に行った。

そこで、商家の主人ふうの男が上がり框《がまち》に突っ伏してしていた。四十代半ばぐらいの痩《や》せた男だった。

「血を吐いて道端で倒れたんでさ」

職人ふうの男が言う。助け起こして、ここまで連れて来たらしい。

「ごくろうさまでした」

新吾は駆け寄り、「もしもし、わかりますか」

と、男の耳元で呼びかけ反応を確かめた。

男は軽く頷《うなず》いた。口のまわりが赤黒く染まっていた。血の色から見て、口、咽頭、食道、胃などの消化器官からの出血だ。吐血である。羽織《はおり》の襟《えり》や縞《しま》の着物の胸の辺りも赤黒く汚れていた。

「ともかく奥の部屋に」

職人ふうの男と通い患者の手を借り、新吾は男を療治部屋の隣の部屋に運び、ふとんに顔を横に向かせて寝かせた。

「じゃあ、あっしは」

職人ふうの男が立ち去ろうとした。三十前後の細身の男だ。色白の顔に逆八文字《ぎゃくはちもんじ》の黒々とした眉が印象的だった。

「お待ちください」

新吾は呼び止める。

「へい」

その間にも、おしんが濡れた紙で男の口のまわりを拭いている。

「あなたのお名前は？」

「名乗るようなもんじゃありませんが、佐吉《さきち》です。じゃあ、あっしは仕事が待ってますんで」

佐吉と名乗った男は急いで引き上げた。

おしんが血の汚れを拭き終え、新吾が男の胸元を開いて診察しようとしたとき、

「俺が診よう」

と、声がかかった。

三カ月ほど前から住み込みで働いている高野長英《たかのちょうえい》だった。細面で額が広く、いか

にも頭の切れそうな顔をしている。

長英は去年の八月までシーボルトが開いた長崎《ながさき》の鳴滝《なるたき》塾で塾頭をしていたが、シーボルト事件の連座で鳴滝塾の主だったものが投獄された中、長英はうまく逃げ延び、ここに身を寄せるようになった。

「どけ」

新吾をどかし、長英は男の顔を覗き込み、それからおしんから血のついた羽織を受け取り、目の前にかざした。

「吐血だ」

羽織をおしんのほうに放り投げ、「あとは任せろ」と、長英はたすき掛けをしながら言う。

「いいんですか」

「いいもなにも、おまえでは心もとない」

長英は言い、おしんに向かい、「手伝ってくれ」と、命じた。

おしんが憤然としていたのは、長英の傲岸《ごうがん》な態度に対してだろう。

長英は仙台《せんだい》藩の一門の水沢《みずさわ》家家臣の子として生まれたが、九歳のときに伯父である高野玄斎《げんさい》の養子となり、医学や蘭学に目覚めていったという。

鳴滝塾で塾頭をしていたという自負が傲岸な態度をとらせているのだ。追い払われるように、新吾は自分の療治部屋に戻った。


それから、新吾は通い患者の治療に当たった。金がかからないのでかすり傷程度でもやって来る。また、話し相手が欲しくてやって来る年寄りもいる。だが、働けなければ、その日の暮らしに困るような患者もたくさんいた。

最後の患者の診療を終えたのは、外が薄暗くなってからだった。

長英がやって来て、「幻宗先生の代わりに往診に行ってくる。俺が帰ってくるまで、さっきの患者を診ててくれ。もう痛みはないと思うが」

「私が診てます」

見習いの棚橋三升《たなはしさんしよう》が口を入れた。

「だめだ。まだ、新吾のほうがましだ」

「……」

三升はむっとしたような顔をした。

新吾は小舟町《こぶなちよう》にある家から通ってきているのだ。新吾が帰る時間だから三升が引き受けてくれようとしたのを、長英は一蹴した。

「わかりました。高野さんが帰るまでお待ちしています」

「それから、患者は馬喰《ばくろ》町一丁目にある紙問屋『美濃《みの》屋』の主人翫《かん》右衛《え》門《もん》だと名乗った。下働きの男を知らせに走らせてあるから、じきに誰かやってくるだろう」

手伝いの男に薬籠《やくろう》を持たせ、長英は出かけて行った。

「なんですか、あのおひとは」

三升が憤慨する。

「宇津木さま」

おしんが声をかけた。

「はい」

「あのお方、いつまでいる気なのでしょうか」

表情を曇らせて言う。

「さあ、どうなんでしょうか。しばらくはいらっしゃると思いますけど」

「どうも、私はあのお方が好きではありません」

「私も嫌いです。自分が一番偉いと思っているんでしょうか。患者さんに横柄な態度で」

三升も怒りをぶつけるように言う。

「あのお方は長崎のシーボルト先生が開かれた鳴滝塾で、塾頭をされていたお方です。とても有能です。私も長崎遊学のとき、何度か教えを受けたことがありますが、一番勉強になりました。そんな自負から気負い過ぎているのでしょうね。あっ、このことは口外しないように幻宗先生から言われていますから注意してください。あのお方が高野長英であることはここだけの秘密です」

「それにしても私たちをなんだと思っているんでしょうか」

まだ、おしんの腹の虫は治まらない。

長英は新吾とひとつしか違わないが、確かに態度は大きい。ここにやって来てまだ数カ月だが、一年もいる新吾を歯牙《しが》にもかけない。

「私たちをばかにするだけならいいんですけど……」

おしんが声を震わせた。

「そうですね。患者さんをばかにするのはいけませんね」

「いいえ。許せないのは幻宗先生まで……」

言いすぎたと思ったのか、おしんはあわてて口を押さえた。

「幻宗先生に何を？」

「先生が貧しい患者さんからお金をとらないのはいいけど、金持ちからとらないのは医術に自信がないからだと。自分が来たら、金持ちから金をとれる療治をしてみせると」

おしんは声をひそめて言う。

三升も頷いている。

三升は町医者の息子で、幻宗のところで見習いからはじめている。三升とおしんはここに住み込んでいて、長英もあとから住み込みだしたのに、我が物顔で振る舞う態度を不快に思っているのだ。一日中、顔を合わせなければならないことで、いらいらも募《つの》っているようだ。

「幻宗先生にそれとなくあのひとのことを……」

三升も声をひそめて言う。

「わかりました。折りを見て、先生にお話をしておきます」

「お願いします」

三升とおしんは同時に言い、頭を下げた。ふたりが恋仲なのは気づいていた。

新吾は翫右衛門が寝ている部屋に行った。翫右衛門は目を開けていた。呼吸も穏やかだった。

「どうですか。痛みは？」

「少しありますが、さっきよりずいぶん楽になりました。まあ、一時的でしょうが……」

翫右衛門は気弱に答える。頬《ほほ》がげっそり落ちていた。

「ちょっと、診せていただいてよろしいですか」

新吾は翫右衛門の胸を開き、腹部を軽く押していく。大きな塊《かたまり》はなかったが、わずかながら痼《しこり》があった。

やはり、宇田川玄真《うだがわげんしん》の著『西説医範提綱釈義《せいせついはんていこうしゃくぎ》』が翻訳した医学用語にもある潰瘍《かいよう》だと思った。

暮六つ（午後六時）近くになって、『美濃屋』から番頭の豊太郎《とよたろう》がやって来たことを、おしんが知らせに来た。

部屋の前に色白の男が立った。

「どうぞ」

新吾は入るように言う。

「はい」

豊太郎が甃右衛門のそばに駆け寄った。

「旦那さま。驚きました。なかなかお戻りにならないので店中、心配しておりました。そしたら、こちらにいると知らせがあって」

「心配かけた。ちょっと、散策のつもりで出てきて、気持ちのよい天気だったのでついどんどん足が先に行ってしまい、気がついたら新大橋《しんおおはし》を渡っていた」

甃右衛門は弱々しい声で言う。

「もう、だいじょうぶなのでしょうか」

豊太郎が新吾に顔を向けた。

「心配いりません」

「先生、いつごろ帰れるでしょうか」

「しばらくここでお休みいただいたほうがいいと思います。明日になれば、いつ頃帰れるか、見通しが立つと思います」

幻宗に診てもらって決めることだと、新吾は思った。

「そうですか。では、旦那さま。明日、もう一度参ります。早く、お内儀《ないぎ》さんに無事なことをお知らせに」

「心配いらないからと言っておくれ」

「はい」

豊太郎は早々に引き上げた。

新吾は妙に思った。なぜ、番頭の豊太郎しか来なかったのか。それも、そそくさと帰って行った。

「翫右衛門さん。お内儀さんはどうしていらっしゃらないのでしょうか」

「忙しいのです。私の代わりに店を仕切っているのです」

しかし、血を吐いて倒れたと聞けば、何はさておき駆けつけるのがふつうではないのか。新吾は迷ったが、きいた。

「明日は、お内儀さんはいらっしゃいますか」

「さあ、どうでしょうか」

「えっ？　どうしてですか」

「じつは子どもがまだ六歳でして。その世話もあるのです。乳母《うば》はいますが、自分で育てたいと思っているのです」

「六歳？」

「家内は後添いです。先《せん》の家内との間には子が出来なかったんですよ。三十九歳ではじめて子どもが出来たんです」

「そうですか。すみません。よけいなことをきいてしまったようで」

「先生」

翫右衛門が虚《うつ》ろな目を向けた。

「なんですか」

新吾は顔を覗き込む。

「幻宗先生はまだお帰りじゃないんですか」

「はい。まだです」

「高野先生はまだお若いようですが、腕のほうは大丈夫なのでしょうか」

「ええ。あのお方は医者の家で育ち、長崎遊学で腕を磨いてきた有能な医者です。幻宗先生の代わりを立派に務められるお方です」

鳴滝塾の塾頭を務めた高野長英であることは黙っていた。

「でも、あの先生は胃に痼が出来て、そこから血が出たと言ってました。おかしいではありませんか」

「おかしいとは？」

「あの先生、見立て違いをしています」

「見立て違いですって」

思いがけない言葉に、新吾は当惑した。

「だって、私はあと何年も生きられるわけはないんです。それを、あの先生は私の言うこと聞いていれば長生き出来るなどと……」

「あと何年も生きられるわけがないとはどういうことですか」

新吾はききとがめた。

「だって、血を吐いているんですよ」

「ええ、ですから、それは胃に出来た痼のせいです。薬で、痼を退治できます」

「先生。気休めはよしてくださいな」

翫右衛門は強い口調で言う。

「気休めではありません。なぜ、そのようなことを？」

「はっきり言い渡されました」

「言い渡された？　誰が、あなたにそのようなことを？」

「永井《ながい》秀法《しゅうほう》先生です」

「永井秀法？」

「御目見《おめみえ》医師の秀法先生ですよ」

「秀法先生の見立ては？」

新吾は不審を持ってきく。

「労咳《ろうがい》です」

「労咳？」

新吾は耳を疑った。

「違います。労咳ではありませんよ」

「だって、秀法先生はそう仰《おつしや》ったんです」

「あなたが吐いた血の色は黒みがかっていました。これは胃や腸からの出血です。労咳の喀血《かつけつ》はもっと鮮やかな赤です。血の色が違います」

宇田川玄真が翻訳した『西説内科撰要』に精神錯乱、頭痛、嘔吐、疱瘡《ほうそう》、麻疹《ましん》などの説明と共に、吐血についても述べてあった。

「それから、お腹に不快な感じがあったり、胸焼けや吐き気など、ありませんでしたか」

「ありました」

「そうでしょう。もうしばらくしたら、高野先生が帰ってきます。高野先生からもう一度、説明してもらいましょう」

「……」

鄙右衛門は押し黙った。

長英が帰ってきたのはそれから四半刻（三十分）後だった。

新吾は玄関まで迎えに出て、「高野さん。鄙右衛門さんの吐血は胃に出来た潰瘍が原因ですね」

と、まず確かめた。

「ほう、わかるのか」

軽く驚いたように、長英は答える。

「そうだ。潰瘍によって胃壁が傷ついたんだ。鳴滝塾で、同じ患者を診たことがあった」

「胸を患《わずら》っている様子は？」

「ない」

長英はきっぱり言う。

「そうですか。鄙右衛門さんは表御番《おもてごばん》医師の永井秀法さまから労咳と診断され、あと何年も生きられないと言われていたそうです。それを真に受けています」

「労咳だと」

長英は蔑《さげす》むような目をして、「漢方医はなんでも労咳で片付ける」

と、呆れ返った。

「でも、漢方医も五臓六腑の胃の病のことはわかっているのではありませんか。労咳と間違えるでしょうか」

「現に、そう言われたんだろう?」

「そうですが」

「ともかく、甃右衛門のところに行ってみよう」

長英はずかずかと甃右衛門が寝ている部屋に行き、「そなたは労咳ではない。胃に腫れ物が出来ていて、そこから血が出たのだ。薬で腫れ物を退治すれば元気になる」

長英は乱暴に言う。

「ほんとうのことを仰ってください。私は覚悟が出来ているのです」

甃右衛門は頑《かたく》なだった。

「ほんとうのことだ」

「でも、秀法先生は労咳だと仰いました」

「咳は出るか。痰《たん》は?」

「いえ。ただ、秀法先生にはじめて診てもらったときは風邪を引いて、咳と痰はよく出ていました。それから、秀法先生の処方してくれた薬を飲んでいましたが、だんだん痩《や》せていって……」

「飯は食えたか」

「いえ、あまり食べられませんでした」

「食べなければ、痩せる。食べられないのは間違った薬のせいだ」

「ちょっと待ってください」

翫右衛門はあわてたように起き上がろうとした。

「無理しないでください」

新吾が体を支える。

「だいじょうぶです」

翫右衛門は半身を起こし、「先生。ほんとうに私はもっと生きられるのですか」

「俺の言うことをきけばな。ただし、永井秀法のほうを信じるなら、命は諦《あきら》めろ。

見立ては間違っている」

長英ははっきり言う。

「ほんとうに？」

「くどいな。助かりたいなら、俺に任せろ」

おしんが睨《にら》みつけるように見ていた。

六つ半（午後七時）過ぎに戻ってきた幻宗が、甑右衛門の容体を診て、「うむ。大事ない。措置がよかった」

と、長英を讃《たた》えた。

「先生、私は労咳ではないので」

甑右衛門は窺《うかが》うようにきく。

「違う。胃に腫れ物が出来ている。たちの悪いものではないから心配はいらぬ」

「では、秀法先生はどうして？」

「見立て違いをしたようだ。なぜ、秀法どのが間違えたのかわからぬが、あなたは労咳ではない」

そう言い、幻宗は部屋を出た。

「幻宗先生も同じことを仰っています。きっとよくなりますから、気を確かに持ってください」

新吾は甑右衛門を励ます。

「ほんとうなんですね」

甑右衛門はしみじみ言う。

「ええ。くよくよして塞《ふさ》ぎ込んでいるのが今の病気によくありません。必ず治ると信じ、心安らかに保てばすぐ元気になります」

「ありがとう」

翫右衛門はにこりと笑った。

新吾は部屋を出た。

幻宗と長英がふたりきりで話していたので、新吾は療治服から私服の仙台袴《せんだいばかま》に着替えてから、「では、私はこれで」

三升とおしんに挨拶《あいさつ》をした。

「こんな時間になってしまいましたね」

おしんがいたわるように言う。

「いえ、病苦と闘っている患者さんのことを思えば、たいしたことではありません。明日は参りませんので」

新吾が幻宗の施療院にやって来るのは一日置きで、あとは義父順庵《じゅんあん》のところで診療に当たることになっていた。

幻宗に挨拶をして、すっかり人通りの絶えた夜の道を急ぎ、小名木《おなぎ》川沿いを大川《おおかわ》まで行き、佐賀《さが》町を抜けて永代《えいたい》橋を渡って小舟町に向かった。

二

翌朝、新吾は未明に起き、いつものように庭に出て、木刀を五百回振り、さらに真剣での素振りを二百回こなした。

汗を拭いてから座敷に戻り、今度は文机《ふづくえ》に向かって蘭語の『外科新書』を開く。師の吉雄権之助《よしおごんのすけ》が独力で翻訳したことで知られているが、医学の基礎である蘭語を学ぶため長崎にいるときに新吾が写本したものである。

「新吾、いいか」

義父の順庵が沈んだ表情で戸口に立っていた。

「きのう、漠泉《ばくせん》さまよりおまえに荷物が届いた。書物だ」

「書物？」

「書斎に置いてある。あとで確かめなさい」

「なぜ、書物を？」

新吾は書斎に急いだ。とば口に風呂敷包みが置いてあった。

夢中で結び目を解き、書物を改めた。いつも漠泉の書斎で興奮して手にしたものだ。

西洋医学書に西洋の本草書の翻訳本、そして、寛政《かんせい》年間に宇田川玄随《げんずい》が訳した『西洋医言』という和蘭対訳医学用語辞典、さらに養子の当代一の蘭学者である宇田川玄真が引き続いて翻訳した『西説《せい》内科撰要』、宇田川玄真自身の『和蘭局方《オランダきよくほう》』、『和蘭薬鏡《オランダやつきよう》』もあった。

こんな貴重なものを……。新吾は息苦しくなるほど胸が騒いだ。

漠泉はシーボルト事件に巻き込まれ、投獄は免れたものの、何度も評定所に呼ばれていた。その間、表御番医師としての仕事は差し止めになっていた。

表御番医師は江戸城表御殿に詰めて急病人に備えた。三十名いるうちのひとりが上《うえ》島《しま》漠泉で、いずれ奥医師になるだろうと言われていた。

奥医師とは将軍や御台所、側室の診療を行う医師である。

「お沙汰《さた》が出たそうだ」

書斎に順庵がやって来た。

「どうなったのですか」

「表御番医師の役目もお取り上げとのこと」

「なんですって」

「ただし、屋敷や財産の没収は免れたそうだ」

そうなるかもしれないと、漠泉から聞かれていたものの、新吾の衝撃は大きかった。

漠泉はただ高橋景保《たかはしかげやす》とシーボルトの仲立ちをし、品物を届けただけなのだ。

高橋景保は幕府天文方《てんもんかた》兼書物《しょもつ》奉行である。

天文方は、天文・暦術・測量・地誌などを編纂する役目で、書物奉行は幕府の書庫を管理し、編集を行った。

高橋景保が父至時《よしとき》から天文暦学、地理学の教育を受けて、父の死後、若くして天文方になり、父の弟子である伊能忠敬《いのうただたか》の全国測量事業を援助し、『大日本沿海輿地全図《えんかいよちぜんず》』を作成させた。

去年の八月、シーボルトは間諜《かんちょう》で、わが国のことを調べていたことが明らかになった。

シーボルトの屋敷から見つかったのは地図や葵《あおい》の紋の入った羽織だけではなく、わが国に関するあらゆるものがあった。

高橋景保はシーボルトに持ち出し禁止の地図や江戸城内地図を渡し、シーボルトから『世界周航記《しゅうこうき》』をもらっていた。このことから、投獄されたのだ。

その地図をシーボルトに届けたのが漠泉だった。漠泉は景保の病気を治療した縁で親交があったのだ。

「御禁制の品だとわかっていながら荷を届けたことが問題になったのだ。厳しい処分は覚悟していたそうだが……。これで、漠泉さまの引きで御目見医師になる夢が断たれた」

順庵は絶望的な声で、「おまえとて、香保《かほ》どのを娶《めと》り、いずれは御目見医師から表御番医師にという栄達《えいたつ》の道を断たれた……」

大名の藩医、あるは町医師から有能なものが選ばれ、公儀の御目見医師となる。御目見医師になれば、御番医師への道も開けるのだ。

そのために、順庵は漠泉の娘を娶らせようとしていた。

「義父上《ちちうえ》」

新吾は順庵の声を制した。

「私が栄達を望んでいないことはご存じのはず」

「なれど、御目見医師になれば、患者も増え、儲けだってかなりの……」

「義父上、私は富や名誉が欲しくて医者になったのではありません」

新吾はきっぱりと言う。幻宗をしってからは、その考えは杭《くい》を打ち込んだように強固なものになった。

「そうは申すが……」

順庵は情けない声を出した。

新吾は七十俵五人扶持の御徒衆《おかちしゅう》田川源之進《たがわげんのしん》の三男であった。いわゆる部屋住みで、家督は長兄が継ぎ、次兄は他の直参に養子に行った。

新吾は幼少のときより剣術と同様に学問好きであった。そのころから蘭学に興味を持ちはじめていて、宇津木順庵に可愛がられ、乞《こ》われるようにして養子になった。宇津木家に行けば、蘭学の勉強が出来るという期待もあった。事実、養父順庵は新吾を長崎に遊学させてくれたのである。

しかし、実際に金を出してくれていたのは上島漠泉だったことを知ったのは、江戸に帰ってからだった。

漠泉もまた、新吾と香保をいっしょにさせ、ゆくゆくは新吾を奥医師にまで上り詰めさせようと考えていたのだ。

「漠泉さまのところに行ってきます」

新吾は立ち上がった。

「朝餉《あさげ》は?」

「あとでいただきます」

新吾は家を飛びだした。新吾は二十三歳。頬《ほほ》から顎《あご》にかけて鋭く尖《とが》ったような顔だちだが、涼しげな目許《めもと》が全体の印象を爽《さわ》やかなものにしている。が、今の新吾の顔は別人のように険しくなっていた。

漠泉の屋敷がある木挽《こびき》町にやって来た。

門構えも立派な漠泉の屋敷の前に立った。漠泉の屋敷は門が閉まっていた。恭順の態度を示して、医者の仕事を差し控えているのだ。

今回、沙汰が決まったことで、医者としての仕事は再開出来るかもしれない。しかし、今まで、漠泉にかかっていた患者が戻って来るかは微妙だ。もはや、漠泉は表御番医師ではないのだ。

新吾は胸が張り裂けそうになった。救いはこの屋敷や財産を失わずに済んだことだが、表御番医師の肩書を失った漠泉が、単なる町医者として今までどおりに診療を続けられるだろうか。

今後、景保どのの取り調べがはじまれば、わしも影響を受けよう、と漏らして覚悟を決めていたような漠泉だが、このような事態になって、さぞ取り乱し、気落ちしているだろうと思った。

「景保どのにしても玄碩どのにしても私利私欲のために品物を差し出したのではない。新しい知識を得ることでわが国にとって大きな利益が得られると考えてのこと。お慈悲があると思う」

漠泉はそう言っていたが、お慈悲はなかったのだ。

新吾はしばし屋敷を見つめていたが、大きく深呼吸をして、門を入った。

玄関で訪問を告げると、女中のおはるが出てきた。泣き腫《は》らしたように目が赤い。

「どうかしたのですか」

「お暇《いとま》を言い渡されました」

「お暇？　なぜですか」

「このお屋敷を処分なさるそうです」

「では、香保どのたちは？」

「芝神明町《しばしんめいちょう》に小さな一軒家を借りるそうです」

表御番医師の肩書を失った漠泉には今後、今までどおりの実入りは期待できない。

それより心配なのは香保のことだ。表御番医師漠泉の娘として、なに不自由なく育った香保はこれから味わったことのない不自由な暮らしを余儀なくされるのだ。

「あなたは、どうなさるのですか」

「まだ、何も考えられません。あっ、すみません。自分のことばかり。さあ、どうぞ」

はっと気づいて、あわてておはるは新吾を招じた。

「いいんですか」

都合を確かめなくていいのかと、新吾はきいた。

「新吾さまはいつでもお通しするように言われております」

そう言い、おはるは新吾を上げた。

おはるが客間に案内しようとしていたので、「すみません。書斎にお願い出来ますか」

漠泉からは、好きなときに書斎に来て書物を見ていいと言われていた。

「わかりました」

おはるは漠泉の書斎に通した。

「旦那さまに、こちらにいらっしゃるとお伝えします」

おはるは下がって行った。

新吾はここに来て、棚に並ぶ書物にいつも興奮したものだ。だが、その棚には新吾に送った書物ぶんだけの隙間が出来ていた。

かつては栄耀《えいよう》の証《あかし》でもあったかのように高価な書物が並んでいた書斎に冷たい風が吹きつけているようだった。荒涼とした風景に、新吾は呆然とするしかなかった。

戸口に人影が差した。

「漠泉さま」

漠泉は細面の色白で、鼻が高く、唇が薄い。四十前後だ。はじめて会ったときの尊大な態度とは打って変わって、漠泉は別人のように弱々しく、やや猫背ぎみに入って来た。

「新吾どの。来てくれたのか」

「お沙汰が出たと、義父から聞きました」

「こうなることは予想がついていたことだ。財産を取りあげられなかっただけでもよしとしなければならない」

「あの大切な書物は？」

「私にはもう不要だ。新吾どのが持主にふさわしい」

「よろしいのですか」

「もちろんだ」

漠泉の表情に深刻さはなかった。

「このお屋敷を引き払うのですか」

「もう、必要はなくなった。芝に一軒家を借りた。そこで、一介の町医者として再出発だ。この屋敷は数日のうちに出て行く」

「芝のどちらで？」

「神明町だ。こういうことになって、順庵どのに申し訳ないと思う。御目見医師になる夢を絶ってしまった。そなたにも」

漠泉は頭を下げた。

「私は栄達を望んでいたのではありませんから」

「そうであったな」

漠泉は苦笑し、「あと、欲しい書物があればもっていけ」

と、勧めた。

「いえ、あれで十分でございます」

「そうか」

「香保どのは？」

「自分の持ち物を片付けている。行ってやってくれ」

そう言い、手を叩いておはるを呼んだ。

すぐにおはるがやって来た。

「新吾どのを香保の部屋に」

「はい」

「では」

新吾は書斎を出て、おはるのあとについて廊下を渡った。表御番医師の威容を物語るような広い庭も、今は切なく目に映った。

「香保さま」

部屋の前で、おはるが声をかけた。

「新吾さまがいらっしゃいました」

「どうぞ」

中から声がした。

おはるが障子を開け、新吾を部屋に入れた。

香保は畳に着物を広げていた。

「いらっしゃい」

にこやかに香保は言う。

香保は元気そうだった。

「安心しました」

「私が悄気《しょげ》ていると思われて？」

香保は明るい声で言ったが、空元気《からげんき》のような気がしないでもなかった。

「今、持って行く着物を選んでいるんです。どれも、気に入っているので、なかなか選べなくて」

「では、私の家に運びましょう」

「えっ？」

「気に入っているものを捨てていくなんて、着物だって可哀そうです。私の家に」

「……」

「どうしました？」

「新吾さまに御迷惑です」

「そんなことはありません」

「でも、またあとで運び出すようなら二度手間になります」

「あとで運び出す？　そんなことはないでしょう。あなたは、いずれ私の妻に……」

「待って」

香保は制した。

「私はもう表御番医師の娘ではありません」

「ええ、わかっています。だから、私はあなたを……」

香保が冷たい目を向けてきたので、新吾は声を呑《の》んだ。

「新吾さまは、私に同情なさっているだけです」

「何を言い出すんですか。私は同情であなたを妻にしようとは思っていません」

「そうかしら」

「えっ?」

新吾は信じられずに香保の顔を見つめた。

「あなたは、決して私を望んでいるのではありません。私の境遇に同情しているだけ」

「違う。私はあなたのことを大事に……」

「あなたは私が表御番医師の娘だという理由で、私との縁談を断わろうとしました」

「そうです。あなたを栄達のために利用したと思われたくなかったからです」

このことはすでに伝えてあることだ。だから、なぜ、香保がこのようなことを言い出したのか、見当もつかなかった。

「ほんとうに私のことを好いてくれるなら、私がどんな境遇であろうと迎えてくれたのではありませんか」

「もちろんです。あなたがどんな境遇に陥ろうが関係ありません」

「でも、私が表御番医師の娘のときには拒否なさいました。もし、私を好いてくださるなら、表御番医師の娘であっても私を受け入れてくれたはずです」

「……」

新吾は啞然《あぜん》とした。

「落魄《らくはく》したあとに手を差し伸べてくれるのは、同情からに過ぎません。時間が経てば、新吾さんは私と結婚したことをきっと後悔いたします」

「まさか、あなたがそのようなことを言い出すなんて……」

「新吾さまは何か勘違いなさっていたようですが、私は表御番医師上島漠泉の娘です。父がこうなった今、私の夫になる人間はそれなりの富と名声が備わってないと、いやなのです」

「香保どの……」

「私は貧しい暮らしなどまっぴら」

新吾はあまりのことに目が眩《くら》んだ。

「新吾さまが栄達を望まないのはあなたの勝手です。でも、そういうひととは私はやっていけません」

「本気で言っているのですか」

「もちろんです。こんなこと、冗談では言えません。父がこうなった以上、私は父以上になる夫を選びます」

「嘘《うそ》だ。この前、私はあなたにこう言った。あなたが最初からただの町医者の娘だったら、私ははじめて会ったときにも嫁にしようと決めたと。でも、漠泉さまのお話を聞くうちに、漠泉さまのような医者も必要なのだとわかってきました。漠泉さまと幻宗先生がいっしょになったらとても素晴らしい医者になると。そういう話をしたとき、あなたは……」

あなたは泣いて喜んでくれたという言葉は続かなかった。

「あのときはどうかしていたのです。父の災厄を聞いて気が動転していたのです」

香保は表情を変えずに言う。

「香保どの」

「どうぞ、もう私には構わないでください」

香保は突き放すように言う。

「私は真剣な思いで、あなたに……」

「もうお会いすることはないと思いますが、どうか御達者《おたっしゃ》で。早く、いいお嫁さんを見つけてください」

香保は横を向いた。どんな言葉をかけても跳ね返されてしまう。そんな冷たい横顔だった。新吾は別人のような香保を信じられない目で見ていたが、深いため息とともに、「失礼します」

と、声をかけて部屋を出た。

廊下に、おはるが呆然《ぼうぜん》と立っていた。その脇をすり抜けて、新吾は戸口に急いだ。

漠泉の屋敷を出たところで振り返る。

もうここに来ることはないだろう。そう思うと、涙が滲《にじ》んだ。

まだ、香保の言葉が耳から離れない。

「夫になる人間はそれなりの富と名声が備わってないといやなのです」

香保はそんな人間ではなかったはずだ。香保に何があったのか。

新吾はその場から逃げるように立ち去った。

三

小舟町の家に帰り、義父の順庵に代わり、患者の施療に当たった。新吾が診療するときは貧しい患者には薬礼を安くしたので、だんだん口伝《くちづ》てに評判が広がり、患者が増えてきた。

患者と向き合っている間は香保のことを忘れることが出来たが、その日の最後の患者が引き上げたあと、水が流れ込むように香保のことで頭の中がいっぱいになった。なぜ、香保の態度が一変したのか。漠泉への沙汰が正式に決まったからだろうか。

「新吾。どうした？　さっきから上の空だ」

順庵が声をかけた。

「えっ」

新吾ははっとして返事をした。

「どうかしたのか」

「いえ、なんでもありません」

「だが、何か考え込んでいるようだったが」

「はい。義父上は表御番医師の永井秀法どのをご存じですか」

話を逸《そ》らす意味もあって、新吾はとっさに思いだしてきいた。

「漢方医の永井秀法か」

順庵は不快そうな顔をした。

「はい。どのようなお方なのですか」

「金持ちしか診ないという医者だ」

　翫右衛門も確かに大店《おおだな》の主人だ。

「腕のほうは？」

「まあ、そこそこなのだろう」

「似非《えせ》医師ではないのですかね」

　本物の治療は行わず、富裕な病人を進んで患者にし、どんな病気にも膏薬《こうやく》や油薬《あぶらぐすり》を使い、そのために病気が重くなっても、言い訳を駆使し、責任逃れをする。そんな医者がいるのだ。

　儲けのためなら、患者の命など何とも思わない。わざと病気の回復を遅らせたり、他の医者に診てもらおうとすれば劇薬を用いて重症にし、他の医者の手柄にならないようにする。そんな犯罪者まがいの医者もいることを知っているので、新吾は気になったのだ。

「父親の秀全《しゆうぜん》は立派な漢方医だった。だから、技量はあると思うが……」

　順庵は言葉を濁した。

「なんですか」

「女の患者をすぐ口説《くど》くという噂だ。妾《めかけ》も囲っているらしい。ともかく、派手な人物だそうだ。永井秀法がどうかしたのか」

「いえ。ただ、噂を耳にしましたので」

「どんな噂だ?」

「ただ、そういう医者がいると」

甑右衛門の見立てを間違えたとは言えなかった。ほんとうに間違えたのか、甑右衛門自身が秀法の言葉を勘違いして聞いたのかもしれない。

しかし、ちゃんとした医者が喀血と吐血を間違えるだろうか。

「秀法どののところには見習い医者は何人かおられるのでしょうか」

新吾はさらにきく。

「弟子が五人ぐらいいる。いつもは弟子が患者を診ているのだろうよ。秀法は特に大事な患者や美しい女の患者だけは自分で診るそうだがな」

順庵は蔑むように笑った。

順庵の言い分がすべて当たっているかどうかわからない。医者仲間、とくに蘭方医の噂なら漢方医には厳しい見方をするかもしれない。

ただ、甑右衛門を診たのは秀法ではなく、弟子なのかもしれない。しかし、弟子の診断を確かめないのだろうか。

いずれにしろ、幻宗の施療院に担ぎ込まれたからよかったものの、吐血のあとまた秀法のところに行ったら、命の危険に曝《さら》されていたかもしれない。

このことを見過ごしにしていいかどうか。その思いを巡らせていると、ふと香保の声が聞こえたような気がして、胸が騒いだ。

翌日は昼から幻宗の施療院に出た。

着替えてから、甑右衛門のところに行った。秀法のところで誰が診断をしたのかきいてみたいと思ったが、甑右衛門は安らかな寝息で眠っていた。

療治部屋に行き、自分に割り当てられた場所に座る。

「新吾さん」

おしんが声をかける。

「甑右衛門さんは明後日に家に帰るようです」

「明後日？」

「ええ、甑右衛門さんのお内儀さんがやって来て、そう決まったそうです」

「しかし、もうしばらく、ここで養生したほうがいいのに、幻宗先生や高野さんは許したのですか」

「とにかくお内儀さんが強引で、きょうにも引き上げるとか言っていたのですが、幻宗先生がなんとかなだめ、明後日まではここで養生することに」

「どんなお内儀さんなんですか」

「それが、ずいぶん若いんです。二十四、五かしら。甑右衛門さんは四十五歳ですから」

「後添いですね」

「そうです。前のお内儀さんは七年前にお亡くなりになって、五年前に後添いをもらったようです」

そのことは甑右衛門から聞いていた。

「家に帰ることについては、甑右衛門さんもそのつもりなのですね」

「そうです」

それならやむを得ないだろうと、新吾も思った。勘右衛門の容体は落ち着いていることだし、あとは往診して様子を見ればいいのかもしれない。

「でも、高野先生はほんとうにいやなひとです」

「何かありましたか」

「ええ、お内儀さんに、私がいなかったら助からなかったかもしれないと言ってました。自分の手柄のように話しています」

「それだけ、医者としての技量に自信を持っているんでしょう」

「でも、人間としてはどうかしら」

おしんは不満をぶつけた。

「天才肌のお方ですから」

新吾はかばうように言ったが、長英は他人はみな自分より劣ると思っているのだろう。

「さあ、はじめましょうか」

「はい」

おしんは患者を呼んだ。

軽い咳をしている三十ぐらいの男がやってきた。大工の宇吉《うきち》である。頬がこけている。

「一カ月近くも咳がとまらないんです」

不安そうに言う。

「痰は出ますか」

「はい。血が混じっていたことがあります」

目や口の中を調べ、そして胸を指先で叩いていると、「先生、やっぱり労咳でしょうか」

と、きいてきた。

「いえ、違います」

「でも、痰に血が混じってました。子どもが生まれたばかりで、胸を患ったら、あっしはこれからどうしたものやら……」

宇吉は絶望的な声を出す。

「労咳ではないですよ。ただ、気管が炎症を起こして咳が出ているのです。激しい咳のために喉が破れ、血が出たのでしょう。念のために、あとで幻宗先生に診てもらいましょう」

幻宗に診てもらえば、患者も安心するだろう。宇吉が幻宗の診断を受けられるよう、おしんに手配を頼んだ。

「じゃあ、宇吉さん。いったん、向こうでお待ちください」

おしんが声をかけた。

「あっ、宇吉さん」

新吾は思いついて呼び止めた。

「あなたは、自分が労咳ではないかと言いましたね。なぜ、そう思ったんですか」

「近所に労咳を患ったひとがいたんです。症状が似ていたので」

「そうですか。わかりました」

宇吉は軽く頭を下げ、いったん大広間に戻った。

翫右衛門も、秀法の弟子の医師に労咳ではないかときいたのかもしれない。そのことが、弟子の見立てを狂わせたのではないか。

その日の診療を終え、いつものように濡縁《ぬれえん》に腰を下ろしている幻宗のところに行った。

幻宗は最後の患者が引き上げたあと、濡縁で庭を眺めながら湯呑み一杯だけの酒を呑んで心を落ち着かせるのだ。

「先生。ちょっとよろしいでしょうか」

新吾は近くに腰を下ろした。

「うむ」

幻宗が顔を向けた。浅黒い顔で、目が大きく鼻が高い。四十歳過ぎのような風格だが、実際はまだ三十六、七歳なのだ。

「甑右衛門さんのことです」

「労咳の見立てを受けていたことか」

幻宗は新吾の用件を見抜いていた。

「はい」

「漢方医の永井秀法どのに診てもらったそうです。義父から聞いた話ではほとんどの患者は弟子が診るそうです」

「わしのところでも同じだ。そなたや三升が診ている」

「しかし、重要な患者さんは先生に確かめてもらいます。秀法どのの医院では、すべて弟子任せだったのではないでしょうか。そこに、重大な見立て違いが……」

「新吾。何が言いたいのだ？」

幻宗が湯呑みを持ったままきく。

「命にかかわる重大な手落ちではないでしょうか。このままにしておいたら、また同じようなことが起こるかもしれません」

「しかし、最初に甑右衛門を診た医師からすれば、労咳としか考えられない症状だったのかもしれない」

「そんなこと、ありえるのでしょうか」

「もちろん、丁寧に診れば間違うまい。だが、間違えてもやむを得ない特別な症状だったのかもしれない」

「でも」

「待て」

幻宗は制した。

「今の状況だけで、端《はた》からとやかく言ってもはじまらぬ」

「では、どうすれば？」

「永井秀法どのに、翫右衛門どのが胃に出来た潰瘍によって吐血したことを書状に記し、翫右衛門どのから秀法どのに渡してもらう」

「それだけでございますか？」

新吾は納得がいかなかった。

「義父の話では、秀法どのは金持ちや美しい女の患者しか診ないそうです。そんな心持ちで医者を……」

「新吾」

またも、幻宗は制した。

「永井秀法どのの見立てに問題があるかどうかわからぬ。仮にあったとしても、それをただすのは我らの役目ではない」

「……」

「ましてや、相手は漢方医だ。蘭方医の我らが漢方医の秀法どのを糾弾《きゆうだん》しようものなら、どんな誤解を受けるかわからぬ。他の漢方医を巻き込み、蘭方医との対立に発展しかねぬ」

「では、ただ手をこまねいていろと」

新吾は反発する。

「よけいな真似をする必要はないということだ。我らは目の前にいる病人を助ける。それが使命だ」

幻宗はさらに諭《さと》すように、「それでなくとも、シーボルト事件以降、蘭学者や蘭方医に対する公儀の目は厳しいものがある。我ら医者はそのような対立に巻き込まれることなく、本分を全《まつと》うしなければならぬのだ」

「ようするに、このまま何もしないということですか」

新吾は憤然《ふんぜん》と言い返す。

「どうした？」

幻宗が不思議そうな顔をした。

「えっ?」

しばし、幻宗は新吾の顔を見つめ、「何かあったのか」

「えっ? いえ、なにも」

新吾はきょとんとした。

「なんでもなければいい。ともかく、今出来ることは、翫右衛門どのの症状を書状で秀法どのに知らせるだけだ」

幻宗の断固とした言い方に、これ以上逆らうことは出来なかった。

「失礼します」

新吾は納得がいかないまま幻宗のもとから下がった。

幻宗の施療院を出て夜道を歩いていて、幻宗が不思議そうな顔をしたことが思い出された。幻宗は何を気にしたのだろうか。

小名木川にかかる高橋《たかばし》に差しかかったとき、後ろから駆けてくる足音を聞いた。自分を追ってきたのだとは思わなかった。

「新吾」

声をかけられ、新吾は驚いて立ち止まった。

「長英さん」

振り返ると、長英は小走りに近寄ってきた。

「話がある。ぶらぶら歩きながら話そう」

一方的に言い、さっさと歩きだす。

高橋を渡り、長英は大川に向かった。新吾も並んで歩きだす。

「幻宗先生は腰抜けだ」

いきなり、長英が言う。

「何の話ですか」

「さっき、そなたが幻宗先生に話していたことだ」

「長英さんも、そう思いますか」

「当たり前だ。あんな見立て違いをする医者など許してはだめだ。そなたの話を聞いて、永井秀法という医者にますます怒りが込み上げてきた」

「ええ。このままでは。また同じような間違いが起きるのではありませんか」

「そのとおりだ。このまま見過ごすことは、医者としての良心が許さん」

長英は前方からひとが歩いて来たので声を落として言う。

「でも、幻宗先生は何もする気がありません」

「だから、腰抜けだと言うのだ。蘭方医と漢方医の対立が激しくなることを恐れているが、ちょうどいい機会だ。蘭方医のほうが優れていることが明らかに出来るではないか」

「……」

新吾はすぐに返答が出来なかった。そこまで過激な考えは持っていないし、そのようなことに同意は出来なかった。

「翫右衛門に、秀法を訴えさせるんだ。翫右衛門はあのままだったら必ず命を失う羽目になったんだ」

「翫右衛門さんに出来ましょうか」

「うむ？」

「相手は御目見医師です。翫右衛門さんの身内や『美濃屋』の奉公人だって診てもらっているのでしょう。翫右衛門さんは強く出られるでしょうか」

新吾は疑問を投げ掛ける。

「殺されかかったんだ。翫右衛門だって怒りを覚えているはずだ。見立て違いで、命を落すところだったと煽《あお》れば、怒りに任せて秀法のところに乗りこんで行くはずだ。それとも、こっちが秀法のところに乗りこむか。でも、幻宗先生は許さない」

「ええ。幻宗先生は甑右衛門さんをそそのかすことだって許しませんよ」

「甑右衛門をうまく煽るんだ。こっちがそそのかしたと気付かれぬようにな。これは決してひとりでは効き目がない。だから、そなたも秀法の見立て違いがいかに重大な事態を招いたかを話して聞かせるのだ」

「……」

「どうした？」

「幻宗先生に見抜かれてしまいませぬか」

「構うものか」

「でも」

「いいか。喀血も吐血もわからぬ輩《やから》が医者でござると大手を振って罷《まか》り通っては患者のためにならぬ。ある意味、永井秀法のためだとは思わぬか。これで、秀法が注意をするようになれば、患者も助かる」

「そうですね。わかりました。患者から苦情を言われたほうが秀法どのも応《こた》えるでしょうから、甑右衛門さんに訴えてもらいましょう」

「よし。新吾」

長英がにこりとし、「そなたを見直した」

「見直した？」

「そうだ。幻宗先生には絶対服従で、まさか食ってかかっていくような激しさがあるとは思っていなかったのでな」

「……」

万年橋《まんねん》の南詰めにさしかかった。

「では、俺はこれで引き上げる」

長英は来た道を戻って行った。

長英が最後に言った言葉が耳から離れない。幻宗に食ってかかっていったと、長英は言った。自分ではそんな気はなかったのだが……。

そうか。幻宗が不思議そうな顔をしていたのは、食ってかかっていったからか。そのとき、はっと、気がついた。

なぜ、幻宗に歯向かったのか。新吾はいらだっていたのだ。香保から愛想尽《あいそづ》かしを言われ、知らず知らずのうちに気が立っていたのだ。

だから、幻宗はどうした、ときいたのだ。もし、香保とのことがなければ、幻宗に口答えなどしなかったに違いない。

女のことが原因で、冷静な判断が出来なくなった自分に、新吾は忸怩《じくじ》たる思いに駆られた。

永代橋を渡り、帰路に着く。

四

小舟町の家に帰ると、義父の順庵が酒を呑んでいた。漠泉が失脚し、御目見医師の芽がなくなってから、酒の量が増えたようだ。

「義父上、また呑んでいるのですか」

順庵は口許を歪めて言う。

「新吾もつきあえ」

傍《かたわ》らにいる義母《はは》も元気がない。

「いただきます」

新吾が座ると、義母が椀を持ってきた。

「さあ」

義父は徳利を摑んで酒を注いでくれた。

自分の椀にも注いでから、「まさか、漠泉さまがこんな目に遭うとはな」

またも。順庵の愚痴《ぐち》がはじまった。

「漠泉さまはちっとも悪いことをしていないのだ」

「運が悪かったとしかいいようがありません」

高橋景保と親しかったために累《るい》が及んだが、漠泉にとっては事故に遭ったと同じだ。

「その煽りを受けて、わしの夢も破れた」

順庵は酒をいっきに呷《あお》った。

「自分の運命を他人に託すことがいけないんです。栄達を求めるなら、自分の力で目指すべきです」

言ったあとで、新吾ははっとした。また、厳しいことを言っている。やはり、自分はどうかしているのだとため息が出た。

「自分の力でだと？　そんなのはきれいごとに過ぎぬ。誰かの引きがなければ、どうにもならない世の中なんだ」

言い返したいのをぐっと抑えた。香保のことで平静を失った己の心がまともな考えが出来ないのに気づいている。

「漠泉さまは」

新吾は口にした。

「これからは一介の町医者としてやっていかねばならないのです。でも、漠泉さまにそこまでの気力があるか心配です」

「無理だろう。今さら、一介の町医者からはじめるなど、無理だ。あとを伜《せがれ》に託して、隠居するしかない。だが、伜はまだ一人前になっていない」

そうかもしれないと思った。あとは、香保の兄が一からはじめるしかない。

「新吾」

順庵は目の縁を赤く染めて、「香保どのとはどうなのだ?」

と、いきなりきいた。

「別に……」

香保の思いがけないつれない態度を思いだして、また胸に痛みが走った。

「じつはな、今だから言うが、漠泉どのがシーボルト事件に巻き込まれたあと、別の表御番医師がおまえに縁談を持ってきたのだ」

「縁談?」

「そうだ。そのお方の娘だ。だが、そなたは香保どのと所帯を持つと言い出したから、お断わりせざるを得なかった」

せっかくの良い話なのにという愚痴が漏れてきそうだった。

だが、順庵の言葉に新吾は動揺が走った。香保は新吾との仲を終わらせようとしていた。新吾を拒絶したのだ。

香保の態度を話したら、順庵は小躍《こおど》りして、ただちに、もうひとりの表御番医師の話を蒸し返そうとするに違いない。

「義父上。今度のことで、富と名声を得たとしても、それがいかに儚《はかな》いものか目の当たりにしたのではありませんか」

「そうだが……。でも、良い思いも出来るではないか」

順庵は俗っぽさを剝《む》き出しにして言い、「御見得医師になれば、俺だって永井秀法のように……」

はっとしたように順庵は言葉を止めた。

新吾は蔑むように、「秀法先生のように妾を囲いたいのですか」

と、言う。

「これ、声が高い」

順庵はあわてた。

「だいじょうぶですよ。義母上は向こうの部屋です」

「新吾。御目見医師になれば世間の見方も変わってくる」

「医者としての腕で世間の目を向けさせるべきで、肩書で関心を集めても仕方ありません。義父上は……」

順庵が目を見開いていたので、新吾はあっと思った。

「どうした、新吾。やけに手厳しい」

香保のことでいらだっている自分が情けなく、新吾は胸をかきむしりたくなった。

順庵もまた、幻宗と同じような目で新吾を見つめていた。

新吾はじっとしていられなかった。いきなり立ち上がった。

「どうした？」

「ちょっと出かけてきます」

きょとんとしている順庵を残して、新吾は家を飛びだした。

木挽町の上島漠泉の屋敷まで走った。五つ半（午後九時）を過ぎ、屋敷は闇に包まれていた。

新吾はその場に呆然と立ちすくんでいた。

香保の言葉が耳朶《じだ》に残っていた。

「私が表御番医師の娘のときには拒否なさいました。もし、私を好いてくださるなら、表御番医師の娘であっても私を受け入れてくださったはずです」

香保が好きであれば、香保がどんな境遇の娘だろうと関係なかったはずだ。だが、表御番医師の娘だから縁組を断わろうとした。

女のおかげで栄達したと思われたくなかったからだが、そんな思いは香保には関係ないはずだ。

香保の言葉が胸を抉《えぐ》るように、新吾を苦しめていた。香保に会う勇気もなく、すごすごと引き上げた。

ふつか後、幻宗の施療院に顔を出すと、長英が近寄ってきた。

「翫右衛門はきょうの昼過ぎにもここを出て行くそうだ。そなたからも、永井秀法の見立て違いを強く言うのだ」

「わかりました」

「どうした？」

長英が訝《いぶか》しげに見た。

「何がですか」

「元気がないではないか」

「そんなこと、ありません」

新吾は力を込めて言う。だが、長英は含み笑いをした。空元気を見抜かれたのかもしれない。

施療院にいる間は香保のことを忘れなければならないと自分に言い聞かせ、新吾は甑右衛門が寝ている部屋に行った。

足音に気づいて、甑右衛門は目を開けた。

「起こしてしまいましたか」

新吾は枕元に腰を下ろして言う。

「いや、起きていた」

「きょう、ここを出て行くそうですね」

「ああ」

「しばらくは、静かに養生してください」

「わかっている」

「帰ったら、永井秀法さまの医院で治療をお受けになるのですね」

「そう。幻宗先生が秀法先生に渡すようにと処方箋を書いてくれた」

「永井秀法さまには弟子が何人もいらっしゃるようですね」

「五人いる」

「あなたを診たのは弟子のひとりですか」

「いや。秀法先生が自ら診てくれる。往診で来てもらっているんだからな」

「秀法先生が往診に？」

「そうだ」

「では、労咳だという見立ては秀法先生が？」

「そうだ。だから、信じた」

新吾は秀法が誤った見立てをしたことに合点《がてん》がいかなかった。

「労咳だと言われたのはいつですか」

「三カ月前だ。血を吐いてびっくりして、秀法先生に来てもらった。そのころはかなり痩せてきていた」

胃の潰瘍のせいで食欲がないのだから痩せてくるのは当然だった。

「その後も往診には来てもらっていたのですね。それでも、労咳という見立ては覆《くつがえ》らなかった？」

「そうだ」

翫右衛門は答えてから、「どうして、秀法先生は見立て違いをしたのか。それほど、区別がつきにくいのですか」

「確かに、血を吐くことでは似ています。でも、肺からの出血は鮮やかな赤色ですから見分けはつくと思うのですが」

新吾は不思議に思った。秀法は表御番医師になったのだから、医者としての腕はいい加減なものではないはずだ。そんな秀法がなぜ、見立て違いをしたのか。

「ほんとうに、わしは労咳ではないんだな」

「労咳ではありません」

「深川《ふかがわ》までふらふらとやって来て血を吐いて倒れたことは、かえって幸いだったのだな」

甃右衛門は呟《つぶや》くように言う。

「そうです」

「ここまで連れて来てくれた男のおかげだ。その者に礼を言いたい。どこの誰か、教えてもらいたい」

「佐吉という職人です。住まいはわかりませんが、すぐ捜せると思います」

患者の中に知っている人間がいるだろう。

「わかったら知らせてもらいたい」

「わかりました」

新吾は請け合ってから、「翫右衛門さん、これからまた永井秀法先生の往診を受けられるのでしょうが、もし秀法先生の言い分に受け入れられないことがあったら、遠慮なく私たちのほうに知らせていただけませんか」

「また、見立て違いをするかもしれんのか」

「そういうわけではありませんが、万が一、労咳だと言い張るようなことがあったら困りますので」

しばらく考え込んでいたが、「わかった。そうしよう」

と、何かに気づいたように翫右衛門は答えた。

そこに、おしんがやって来た。

「番頭さんがいらっしゃいました」

おしんの背後から番頭の豊太郎がやって来た。

「旦那さま。お迎えにあがりました」

「ごくろう。お金は持ってきたか」

ゆっくり起き上がって、翫右衛門は言う。

「旦那さま。ここのお支払いはいらないそうでございます」

「いらない？　どういうことだ？」

「幻宗先生は薬礼はいただきません」

「どういうことだ?」

「ここは、患者からお金をいただきません」

「なぜだ?」

甑右衛門は不思議そうな顔をした。

「幻宗先生のお考えです。ですから、その心配はいりません」

「ばかな。そんなんでやっていけるわけはない」

「患者さんがお気持ちで野菜など持って来てくれたり、暇があれば他の患者さんの世話や掃除、薪割《まきわ》りなど手伝ってくれます」

「永井秀法はべらぼうな金をとる」

甑右衛門は秀法を呼び捨てにした。

「さあ、お支度《したく》を」

新吾は促《うなが》した。

幻宗と長英に挨拶をし、甑右衛門は駕籠《かご》に乗って帰って行った。

「どうだ、煽ったか」

長英が近寄ってきた。

「煽るまでもなく、事実だけを話していたら、最後は秀法先生のことを呼び捨てにしていました」

「そうか。秀法がどう出るか、楽しみだ。まさか、労咳だと言い張るようなことはあるまいと思うが……」

長英は含み笑いをし、「しばらくしたら、『美濃屋』まで様子を見に行ったほうがいいかもしれぬな」

「そうですね。佐吉さんの住まいを教えてくれと頼まれましたので、わかったら知らせがてら、様子を見に行ってみます」

再び、秀法の治療を受けることになる甃右衛門の身が心配になった。

五

数日後、朝餉のあとで、義父の順庵が新吾を部屋に呼んだ。

差し向かいになってから、「漠泉どのが木挽町の屋敷から去ったそうだ」

と、順庵は切り出した。

「そうですか。もういないのですね」

新吾は胸が引き裂かれそうになった。

「きのう、大八車に荷を積んで、芝に向かった」

順庵が新吾の顔を覗き込むように、「新吾。香保どのとはどうなっているのだ？」

と、きいた。

「香保どのは、引っ越しの支度などで忙しかったので……」

説明にならない説明をする。

「ほんとうのことを言うのだ」

「ほんとうのこと？」

「香保どのは、そなたと所帯を持つ気はないのではないのか」

「そんなことは……」

「新吾。目を覚ませ」

順庵が語気を強めた。

「香保どのは、もはやそなたとの縁組どころではないのだ。香保どののことは忘れ、新たな道を歩め」

「……」

「この前話した表御番医師は吉野《よしの》良範《りようはん》どので、娘御はお園《その》どの、十七歳だ」

「義父上」

新吾はあわてて制し、「私の嫁になるのは香保どのしか考えられません」

「しかし、香保どのは漠泉どのが今後再起を果たすためにも、有力者の伜に嫁《とつ》がねばならぬのだ。香保どのは、そのことをわかっておられる」

「香保どのにそのようなお考えはありません」

「新吾、知らぬのか」

順庵が哀れむようにきく。

「なにをですか」

「桂川《かつらがわ》甫賢《ほけん》どのの弟のことだ」

「知っています。香保どのと婚約したにも拘《かか》わらず、漠泉さまがシーボルト事件に絡んでいることを知って、あわてて縁組をとりやめた男です」

新吾は蔑むように言う。

「だが、あの程度の沙汰で済んだので、改めて縁組をし直したいと申入れをしたそうだ」

「えっ？」

新吾は喉が詰まるほど驚きながら、「香保どのが今さら聞き入れるはずはありません。そのような安っぽい女ではありません。もともと、その縁組にしろ……」

「新吾」

順庵が哀れむように、「香保どのは親思いの娘だ。桂川家に嫁げば父親の復権に手を貸すと、相手は言っているそうだ。もし、香保どのが甫賢どのの弟に嫁いで桂川家と姻戚関係になれば、それは叶うのではないか」

「……」

新吾は絶句した。桂川甫賢は大槻玄沢《おおつきげんたく》、宇田川玄随と並ぶ蘭学の大家である。確かに、桂川甫賢の引きがあれば、漠泉も再び表御番医師に返り咲くことが出来るかもしれない。

「漠泉さまが、そのような申入れを受けるはずはありません。もう、隠居する覚悟を固めておられました。それに、もし、その気があるなら木挽町の屋敷を手放すはずありません。木挽町の屋敷を去ったのがなによりの……」

「知らぬのも無理はない」

「何をですか」

新吾はつっかかるようにきいた。

「あの屋敷は桂川家の親戚筋の者が買い取ったことになっている」

「……」

「わかるか。桂川家の親戚筋だ」

順庵は新吾の息の根を止めるように、「ご公儀の沙汰に恭順の意を示すために屋敷を引き払ったが、復権がなったら再びあそこに戻ってくる。つまり、それまで木挽町の屋敷は桂川家が預っているだけだ」

新吾は膝に置いた手を思い切り握り締めた。

「義父上は今のお話をどなたからお聞きになったのですか」

「吉野良範どのだ。桂川家とは誼《よしみ》を通じているそうだ。新吾。そなたの知らないところで、物事は勝手に動いているのだ」

順庵は諭すように続けた。

「いつまでも香保どののことを思っていても仕方ないのだ。一度、お園どのと会ったらいい。お園どのも美しいお方だそうだ」

新吾は呆然とし、それ以上、順庵の声は耳に入らなかった。

昼餉《ひるげ》のあと、新吾は木挽町の漠泉の屋敷の前に立った。

漠泉一家は引き払ったあとだった。香保はもういなかった。芝神明町で、漠泉や香保がどんな暮らしをはじめるのか。香保から冷たく突き放されたにも拘わらず、日ごとに香保への思いが増していた。

そんなときに順庵から聞いた意外な話は、新吾を打ちのめした。だが、あの急な香保の変化も順庵の話と照らし合わせれば合点がいく。

漠泉があの大事な書物をくれたのも、新吾に対する詫《わ》びの印だったのかもしれない。

この屋敷に、いつかまた漠泉が帰ってくる。だが、香保が帰ってくることはない。香保は桂川甫賢の弟のところに行ってしまうのだ。

(香保どの)

新吾はふいに胸の底から込み上げてくるものがあった。失ってみて、改めて香保が自分にとってどんなに大きな存在であったか思い知らされた。


翌日は朝から幻宗の施療院に出た。

瓢右衛門が引き上げて五日経った。

「高野さん。瓢右衛門さんから何か連絡はないのですか」

「ない」

長英は心配そうに首を振る。

「どうしているのでしょうか」

「気になるが、幻宗先生は行ってはならぬと言うからな」

「なぜですか」

「永井秀法の顔を立てているのだろう。処方箋が渡っているから心配いらないと考えているようだ。古い。じつに幻宗先生は古い」

「古い？」

新吾は耳を疑った。

「そうだ。間違いを指摘することは悪口でもなければ、ましてや因縁をつけるわけでもない。間違いを言って正すことは、結局患者のためでもある」

「でも。相手は因縁をふっかけてきたと思うでしょうね」

「それがだめなところだ。我が国の人間は間違いを正されることを嫌う。西洋においては批判という文化が……」

「高野さま」

話が長くなるといけないので強引に割り込んだ。

「じつは、翫右衛門さんを助けてここに連れてきた佐吉という男を捜すように頼まれています。患者の宇吉さんが捜してくれています。わかったら、知らせがてら様子を見てきます」

「よし、そうしろ。このままでは、永井秀法を通して漢方医を徹底的に懲《こ》らしめることが出来ないからな」

さっきは患者のためだと言いながら、今度は漢方医を懲らしめると言った。長英の真意がどこにあるのか、新吾はまだ摑めなかった。

診察をはじめた。三人目の患者が宇吉だった。気管の炎症でやってきたのだが、もう治りかけていた。

「だいぶいいですね。もう、療治はおしまいです」

「ありがとうございます」

宇吉はほっとしたように笑みを浮かべ、「先生。佐吉のことがわかりましたぜ」と、切り出した。

「佐吉は冬木町の次郎兵衛店《じろべえだな》に住む建具職人でした。手間賃取りの居職《いじょく》です。かみさんに幼い子どもがおります」

「そうですか。わかりました。ありがとう」

「なあに、お安い御用で」

宇吉は病が治った喜びを隠せず、鼻唄が出そうな様子で引き上げた。

最後の患者が帰ったあと、新吾は大きく息を吐いた。

「お疲れさまです」

おしんが声をかけた。

幻宗に客が来て、幻宗が診ることになっていた患者が何人かまわってきたので、新吾は忙しかったのだ。難しい病気なら長英が診たが、軽い症状の患者は新吾と三升に振り分けられた。

「幻宗先生のお客さまは？」

「もう帰られたようです」

客はときおりここに顔を出す多三郎だった。

「先生はどちらに？」

「いつものように濡縁にいます」

庭と言っても坪庭程度で、梅や桜の木があるわけではない。しかし、柴垣の向こうに空き地があり、木立が葉を繁らせていて風情はある。

「ちょっと先生のところに行ってきます」

佐吉のことを知らせるために瓢右衛門のところに行く許しを得ようと奥に向かった。

いつもの濡縁のところに幻宗がいて、そばに長英が座っていた。

幻宗は庭に目をやっていたが、梅の花を愛《め》でている顔つきではなかった。長英の顔も強張っているように思えた。ふたりとも、深刻そうな顔をしている。

幻宗のそばに行き、「先生。お願いがございます」

と、新吾は切り出す。

「なにか」

「翫右衛門さんを助けた佐吉の住まいがわかりました。翫右衛門さんに知らせに行ってきたいのですが」

「よかろう」

幻宗は厳しい表情のまま答える。

長英も何も言わない。

「何かおありですか」

新吾は不思議に思って長英にきいた。

「高橋景保どのが亡くなられたそうだ」

「えっ?」

「獄中で死んだ」

長英が憤然として言う。

「なぜ、ですか。なぜ、獄中で？」

「景保どのはきっと抗議の死をしたに違いありません」

長英が激しい口調で言う。

「それほど、獄中で過酷な取調べが行われたのかもしれぬ」

幻宗は珍しく頰を震わせた。怒りに打ち震えているのがわかった。

「他の方々はいかがなのでしょうか」

新吾は心配してきいた。

長崎遊学の折りの新吾の師権之助の甥である吉雄忠次郎《ちゅうじろう》は景保の補佐役であったため連座で投獄されたのである。傑出した人物と称された忠次郎は景保を補佐するために江戸に招聘《しょうへい》され、この災難に見舞われた。

その他に、眼医者で奥医師の土生玄碩や、シーボルトの鳴滝塾の塾生の多くも投獄されている。

「土生玄碩どのは元気なようだ」

幻宗が答える。

「ただ、鳴滝塾の塾生の多くも獄死したらしい」

長英は悔しそうに言う。

長英は巧みに逃げたが、場合によっては投獄されていたかもしれないのだ。

「上島どのはどうしている？」

「お沙汰が出て、表御番医師の役を剝奪されたようです」

新吾は無念そうに応える。

「そうか」

幻宗は呟いた。

「すべて間宮林蔵《まみやりんぞう》がいけないんです。私は間宮林蔵を斬る」

長英は息巻いた。

「落ち着くのだ」

幻宗は宥《なだ》める。

「しかし、私憤だけで、シーボルト先生や多くのひとを巻き添えにした林蔵の行いは決して許されません」

間宮林蔵は、景保の父至時の弟子だ。林蔵は幕府の命で樺太《からふと》探検をし、踏査実測した結果をもとに、景保が樺太地図を作った。

そういう間柄でありながら、林蔵と景保は何らかの確執があった。

林蔵が、景保とシーボルトの関係を探っていたのは事実だ。

「たとえ、景保どのを憎んでのことであったとしても、林蔵は役務を果たしただけだ。高橋景保どのがシーボルトに贈った日本地図、土生玄碩どのが贈った葵の紋の入った羽織は将軍家より拝領の品。いずれも国外持ち出し禁止のもの」

「高野さま。シーボルト先生は間諜なのですか」

「……」

長英は返答に窮している。すぐ否定の言葉が返ってくると思ったが……。

「やはり、間諜だったのですね」

「シーボルト先生はとても知識欲が強く、わが国のことをなんでも知りたがっていた。教えを乞う者に対して必ず知識の対価を求めた。日本のことを知る材料を提供すれば、惜しげもなく西洋の知識を授けてくれた。弟子に対しての課題も、わが国のいろいろな分野について調べてまとめさせるようにした。弟子を通していろいろな知識が居ながらにして入ってきた」

長英は間諜であるとは言わなかった。

「今、シーボルト先生はどうなさっているのですか」

新吾は確かめる。

「長崎の屋敷で軟禁されているようだ。でも、シーボルト先生は関わったひとたちに罪が及ばぬようによけいな自白はしていないようだ」

「長英」

幻宗が声をかける。

「そなたが鳴滝塾の塾頭だと知られたら、ただではすまぬかもしれぬ。気をつけるのだ」

「はい」

長英は悔しそうに唇をかみしめた。

「高野さま」

新吾は長英に呼びかけた。

「ひとつ、お訊《たず》ねしてもよろしいでしょうか」

「なんだ?」

「鳴滝塾の塾生の中で、高野さまだけが難を逃れることが出来たのはどうしてなのでしょうか」

「塾生を嗅ぎ回っている人間がいることに気づいた。何かある、と思ったのだ」

「何かとは?」

「勘だ」

「勘ですか」

一拍の間があって、長英が口を開いた。

「シーボルト先生に間諜の疑いがかかっていると思ったのだ」

「なぜ、他の塾生に教えなかったのですか」

「塾生がいっせいに逃げたら目立つ。俺ひとりだから逃げられたのだ」

獄死した仲間に申し訳ないと思わないのか、とききたかったが、新吾は口にしなかった。

幻宗は厳しい顔で庭に目をやっていた。

# 第二章　殺しの依頼

一

翌日は自宅の医院で診療に当たる日だったが、昼から半日だけ順庵に休みをもらい、新吾は永代橋を渡り、仙台堀沿いにある冬木《ふゆき》町にやって来た。

次郎兵衛店の木戸を入る、どぶ板を踏んで行く。

路地にいた年寄りに、佐吉の住まいをきいた。

「奥からふたつ目だ」

礼を言ってそこに向かうと、障子に鑿《のみ》と木槌《きづち》の絵が描かれていた。

「お邪魔します」

新吾は腰高障子《こしだかしょうじ》を開けた。ふたりの男が鑿を使っていた。障子の骨組みがだいぶ仕上がっている。

ひとりは三十歳ぐらい、もうひとりは二十歳前と思える男だ。狭い部屋のほとんどを作業場にしていて、かみさんと子どもの姿は見えない。

「どちらさまで」

年嵩《としかさ》の男が顔を上げた。色白の顔に逆八文字の黒々とした眉。あのときの佐吉に間違いなかった。

「お仕事中にお邪魔して申し訳ありません」

「あれ、確か幻宗先生のところの？」

「はい。宇津木新吾と申します」

「そうでした。何か」

鑿を置いて、上がり框まで出て来た。

「翫右衛門さんから、佐吉さんの住まいを捜してくれと頼まれていたんです。あっ、翫右衛門さんは、血を吐いて倒れていた男のひとです。佐吉さんが施療院に連れて来てくださった……」

「ああ、あのお方ですか。で、どうなりましたか」

「はい。だいぶ、よくなりました。そこで、翫右衛門さんがお礼を言いたいからというので、住まいを捜していたんです。これから、翫右衛門さんに佐吉さんのことをお知らせにあがろうと思うのですが、構いませんか」

「へえ、構いやしませんが、礼などいらねえとお伝えくださいな。なにも特別なことをやったわけじゃありませんので」

「いえ。もし、佐吉さんが助けてくれなければ、翫右衛門さんは大事に至っていたかもしれません」

「そうですか。助かってよかった。どうか、そんなこと、気にしないでやってください」

「わかりました。ともかく、翫右衛門さんに知らせに行きます」

「へえ」

「おかみさんとお子さんは？」

「ご覧の通り、昼間はここを作業場にしていますんで居場所がありません。向かいの家で、過ごしています」

「そうですか。あのひとは？」

「仕事を手伝ってもらっています」

「お弟子さんではないんですか」

「まあ、あっしは弟子をとるような身分じゃありませんが……」

「弟子です」

若い男が声をかけた。

「ここで修業させてもらってます」

「そうですか。お忙しいところをすみませんでした」

新吾は佐吉の家を辞去した。

再び、仙台堀沿いを戻る。翫右衛門の店『美濃屋』は馬喰町一丁目にあるので、新大橋を渡るつもりだった。

大川に出て、新大橋のほうに足を向ける。

途中、小名木川にかかる万年橋に差しかかると、人だかりがしていた。

近づくと、南町奉行所定町廻《じょうまちまわ》り同心笹本康平《ささもとこうへい》の姿が見えた。そばに、痩せて長身の若い男がいた。亡くなった欣三《きんぞう》親分の手下《てか》の米次《よねじ》だ。

新吾は近付き、米次に声をかけた。

「米次さん。何かあったのですか」

「あっ、宇津木さん。殺しですよ」

「……」

「大川の岸辺の草むらの中に倒れていました。殺されてから、二、三日は経っているようです」

亡骸《なきがら》に莚《むしろ》がかけられている。

「身許は？」

「まだ、わかりません」

「おい、米次」

羽織を着て、尻端折《しりはしょ》りをした三十歳ぐらいの男が呼んでいた。

「すまねえ」

「新しい親分ですか」

「そうです。伊根吉《いねきち》親分です。じゃあ」

米次は伊根吉のところに向かった。

新吾は新大橋を渡り、馬喰町一丁目に急いだ。

紙問屋『美濃屋』は土蔵造りの大きな店《たな》で、間口の広い店先に、紺の大きな暖簾《のれん》がかかっていた。

手代ふうの男に、家のほうの入り口をきいて、そっちに向かった。路地を入ってしばらく行ったところに格子戸が見えた。

戸口に引き戸のついた乗物駕籠《のりものかご》が待っていた。格子戸が開いて、四十歳ぐらいの恰幅のいい坊主頭の男が出て来た。

駕籠に乗る前に、新吾のほうに顔を向けた。濃い眉で、目は大きく、鼻が高い。分厚い唇は獰猛な生き物のように思えた。

御目見医師の永井秀法に違いない。翫右衛門の容体を診に来たのであろう。

二十四、五歳の色っぽい女が見送りに出てきた。内儀かもしれない。

秀法を乗せた駕籠が出立した。新吾は路地の端に寄ってやり過ごす。駕籠の中から、秀法が睨んでいるような気がした。

駕籠が通りに出てから、新吾はまだ立ったままでいる内儀に声をかけた。

「私は深川の村松幻宗のところから来ました宇津木新吾と申します。翫右衛門どのにお会いしたいのですが」

「主人を助けてくださった幻宗先生ですね。私は内儀のたきです。さあ、どうぞ」

おたきはにこやかに言い、新吾をいざなった。

おたきの案内で、新吾は翫右衛門が寝ている部屋に通された。

翫右衛門は半身を起こしていた。

「おまえさん。幻宗先生の……」

おたきが声をかける。

「これは宇津木先生ではありませんか」

翫右衛門は目を細めた。

「お邪魔します」

新吾はふとんのそばに腰を下ろした。

「顔色もよいですね」

新吾は安心したように言う。

「秀法先生が見立て違いをすぐに認めてくれ、幻宗先生の処方箋に従って、薬も調合してくださった」

「見立て違いをすぐ認めたのですか」

「そう、謝ってくれました。さすが、度量がおありになる」

「見立てを誤ったわけを、何か仰っていましたか」

「しつこい風邪に罹っていたときだったので、見立てを誤ったと仰っていた」

「それだけですか」

「それだけだ」

もっといろいろ理屈を言い、弁明に終始すると思ったが、案外なことに潔《いさぎよ》かった。

「そうですか」

長英の当てが外れたようだ。これでは、過ちを言い立て続ければ、かえってこっちが世間の反感を買ってしまいかねない。

「きょうは何か」

「翫右衛門さんを助けてくれた佐吉さんの住まいがわかりました」

「わかりましたか。どちらです？」

「冬木町の次郎兵衛店です。建具職で、長屋で仕事をしています」

「そのうち、訪ねてみます」

翫右衛門の声に張りがあり、順調な回復振りが窺えた。いや、もう、起き上がってもいいように思える。無理しなければ、店にも出られるだろう。

だが、一方で焦燥のようなものが窺える。何か、病気とは別の悩みを抱えているのではないかと思った。

おたきが部屋を出て行ったあと、「翫右衛門さん、ちょっとお訊ねしてよろしいですか」

と、声を落してきいた。

「なんですかな」

「まだ、どこか痛みますか」

「いえ。もう、なんともありません」

「そうですか。でも、おふとんからなかなか出られないようですが？」

「……」

甃右衛門は障子に目をやって、廊下に誰もいないのを確かめてから、「じつは、ある男に大事なことを頼んでいるのです。労咳だと思い込んでいましたから、そのことで」

「どんなことですか」

「いえ、それはちょっと……」

甃右衛門は言葉を濁した。

「すみません。で、その男のひとのことで何か」

「至急会いたいのですが、連絡がとれないのです。番頭の豊太郎に捜させているのですが……」

「私も捜します。どなたですか」

「一幸堂風斎《いっこうどうふうさい》という大道易者《だいどうえきしゃ》です」

「一幸堂風斎ですね。どこにお住まいなのですか」

「どこに住んでいるかわからないが、ときたま、富《とみ》ヶ岡八幡《おかはちまん》の近くで辻八卦をしている。私もそこで出会った」

「番頭さんは富ヶ岡八幡まで行ってみたんですね」

「そうだ。何度か、仕事の合間に行ってもらったが、ここ数日出ていないそうなのだ。そのことで、困っているのだ」

甃右衛門は暗い表情で言う。

そのこととふとんから出ようとしないことがどう関わりがあるのかわからないが、甃右衛門はかなり焦っているように思えた。

「もし、会えたら至急、店まで来るように伝えてもらいたい」

「風斎さんはお幾つぐらいのひとですか」

「かなり皺《しわ》が多い。五十を少し越しているかもしれない。小柄な男だ」

「わかりました」

「頼みます」

甃右衛門は頭を下げた。

『美濃屋』を辞去したときにはもう夕暮れになっていた。これから深川に行けば、夜になってしまう。

が、一幸堂風斎が商売に出ていないのは病に罹って寝込んでいるからではないかと気になった。五十過ぎという年齢を考えれば、あり得ないことではない。

新吾は浜町《はまちょう》堀沿いから永代橋に向かいながら、翫右衛門はなぜ焦ったように一幸堂風斎を捜しているのか気になった。

そのことに思いを巡らしながら永代橋を渡り終えた頃、辺りはすっかり暗くなって、呑み屋の軒行灯《のきあんどん》の明かりが浮かび上がっていた。

富ヶ岡八幡宮に向かって急ぎ、一の鳥居をくぐったとき、前方から岡っ引きの伊根吉と手下の米次がやって来るのに出会った。

「宇津木先生じゃありませんか？」

米次が先に声をかけた。

「親分。幻宗先生のところにいる宇津木新吾さんですよ」

米次が引き合わせてくれ、新吾も名乗って挨拶をした。

「笹本の旦那から聞いている。よろしく、頼む」

伊根吉が横柄《おうへい》に言う。

「どこに行くんです、これから？」

米次が声をかけた。

「八幡宮までちょっと」

ふたりに頼んで調べてもらえば、すぐに見つかると思ったが、翫右衛門のために黙っていたほうがいいと思った。

「そうそう、昼間の殺しは目鼻がついたんですか」

「いや、まだだ」

「殺された男の身許は？」

「わかった。一幸堂風斎という大道易者だ」

「……」

新吾は声が出なかった。

「いつもは八幡さんの前で商売をしていたが、三日前から姿を見せていなかったようだ」

「では、三日前に殺されたということですね」

「そうだ」

「どうして、殺されたんでしょうか」

「まだ、わからねえ」

「一幸堂風斎さんの住まいはどこなんですか」

「入船町《いりふね》だ。やけに、気にするじゃねえか」

伊根吉が睨むように見た。

「いえ。たまたまさっき亡骸が見つかったところに出くわしましたので。住まいは万年橋の近くかと思っていました」

「両国《りょうごく》のほうに行くところだったか、その帰りか。物取りだろう。長屋の床下には小判が隠してあった」

「易者って、あんなに儲かるとは思わなかった」

米次が呆れたように言う。

「さあ、行くぜ」

ふたりは立ち去った。

新吾は当惑した。一幸堂風斎が死んでいた。翫右衛門に早く知らせてやらねばならないと思った。

明日は朝から幻宗の施療院に行かねばならないから、翫右衛門のところに行くのは夜になってしまう。だったら、きょうのうちに知らせようと、来た道を戻った。

半刻（一時間）後、新吾は翫右衛門と向かい合っていた。

一幸堂風斎が死んだことを告げると、新吾が驚くぐらいに翫右衛門の顔面が蒼白になった。

「どうなさいましたか」

「いや……。死んだのはいつですか」

翫右衛門はきいた。

「三日前です」

「そうか、死んでいたのか」

翫右衛門は惚《ほう》けたように呟く。

「風斎さんにどんな御用があったのですか。何かおありだったのですか」

「……」

翫右衛門は俯《うつむ》いた。

「どうか教えてください。私で出来ることなら、お力になります」

「いえ、私の考えすぎかもしれません。きっと、そうです」

自分自身に言い聞かせるように言い、翫右衛門は大きく深呼吸をし、「風斎さんはどこにお住まいだったかわかりますか」

「入船町です」

「そうですか」

甑右衛門は俯けた顔をふいに上げ、「明日、佐吉さんにお礼にお伺いします」

と、さっきより血の気の戻った顔で、甑右衛門が言う。

「では、私は失礼をします」

「わざわざ、申し訳ありませんでした」

甑右衛門は言い、手を叩いた。

内儀のおたきが障子を開けた。

「宇津木先生がお帰りだ。お送りを」

「はい。先生、どうぞ」

おたきは新吾に声をかけた。

「一幸堂風斎さんをご存じですか」

「いえ。どなたなのですか」

「大道易者です」

「易者ですか。ひょっとして、うちのひとですね」

おたきは笑みを湛《たた》え、「病気になって、占ってもらったんでしょう。何か言われたのかしら」

「翫右衛門さんは富ヶ岡八幡には行かれましたか」

「ええ、労咳と言われ、相当気落ちしていました。神頼みで、あちこちの神社に行っていたようです」

一幸堂風斎とのつながりはそういうことなのだろう。永井秀法から労咳と診断され、その衝撃から、神頼みで富ヶ岡八幡宮に行った。そこで、一幸堂風斎に運勢を見てもらったのであろう。

翫右衛門は風斎から言われたことを気にしているのに違いない。しかし、何を言われたにしろ、たかが八卦《はっけ》ではないか。それほど気にすることだろうか。

「それでは失礼します」

新吾はおたきに見送られて、『美濃屋』を出た。表通りに向かいかけたとき、ふと隠れた人影があった。

表通りに出たが、つけてくる気配はない。人影は気のせいだったかもしれなかった。

夜道を歩きながら、いつしか香保のことに思いを馳《は》せていた。

二

翌日、幻宗の施療院に着くなり、新吾は長英に翫右衛門に会って来たことを話した。

「意外だ」

話を聞き終え、長英は唇をひん曲げ、「見立て違いを素直に認めるとは……」

と、悔しそうに言う。

見立て違いを機に、漢方医をこき下ろそうと目論《もくろ》んでいた長英にしてみたら肩すかしを食らった格好だったに違いない。

「翫右衛門も文句を言わなかったのか」

「そのようです。素直に謝られて、何も言えなくなったのかもしれませんね」

「ちっ。おもしろくない」

「でも、私は永井秀法さまを見直しました。幻宗先生の処方箋を素直に受け入れられたんです。乗物駕籠で往診するのはあまり感心しませんでしたが、過ちを認める姿勢には敬服しました」

「おかしいではないか。秀法には自尊心がないのか」

「過ちに気がついて認めたのですから」

「おかしい」

しきりに、長英は繰り返す。

「蘭方医の言うことを、そんな素直に聞くとは考えられぬ。おかしい」

「ご自分でも、ひょっとしたら間違っていたと気づいていたんじゃありませんか。その上で、甃右衛門さんが危険なありさまになったことでも、素直に聞き入れざるを得なかったのかもしれません」

「仕方ない」

長英は諦めたように吐息を漏らした。

夕方に、甃右衛門がやって来た。

「このたびはお世話になりました。おかげでこのとおり元気になりました」

甃右衛門は幻宗と長英に礼を言った。新吾はそばで様子を窺った。

「いや、医者として当たり前のことをしたまで」

幻宗は表情を変えずに、「礼を言うなら、ここまで連れて来た佐吉という男にしてあげてください」

「ここに来る前に行ってきました。誰だってするような当たり前のことをしただけだから、礼などいらないと佐吉さんにもいわれました」

「そうか。佐吉がそう言ったか」

幻宗は頷く。

「永井秀法さんは見立て違いをすぐにお認めなさったようですね」

長英はまだ、そのことを気にした。

「はい。血を吐いて幻宗先生の施療院に運ばれて助けていただいた。これが幻宗先生に書いていただいた処方箋だと見せたら、申し訳なかったと謝ってくれました」

「それであっさり許したのですか。へたをすれば、命にかかわる過ちだったのです」

長英は抑えているが、気持ちが激しくなっている。

「はい。私も怒りに身も震えましたが、私の家内が過ちは仕方ないことだったと言い、問題はこれからだと秀法先生に二度と過ちをしないと誓わせたのです」

「ご妻女どのの口添えがあったのですか」

長英は嘆息《たんそく》した。

「何かお礼をいたしたいのですが」

甑右衛門がおもむろに切り出す。

「いや、そんな心配はいりません」

「薬礼もとらないのですから、何か代わりに？」

「我らは謝礼が欲しくてやっているのではありません。どうか、お気になさらず」

幻宗がやんわりと断わる。

「そうですか。わかりました」

別れの挨拶をして、甑右衛門は立ち上がった。

新吾は玄関まで見送った。

「おひとりですか」

連れがいないのを不思議に思ってきいた。

「じつは入船町にも行って来たんです」

「一幸堂風斎さんの長屋に？」

「はい。供がいるとわずらわしいので……。では、駕籠を待たせていますので」

甑右衛門は言い、引き上げた。

なぜ、それほど風斎のことを気にするのか、新吾は改めて気になった。部屋に戻り、着替えてから幻宗に挨拶をし、急いで甑右衛門のあとを追った。

表通りに出たが、小名木川方面に駕籠はいない。反対側に足を向け、それから新大橋のほうに曲がった。

甃右衛門を乗せた駕籠が六軒堀《ろっけん》に差しかかっていた。が、駕籠のあとを追うようにつけて行く黒い影があった。

影が追い付いて、駕籠が止まった。駕籠かきの悲鳴が上がった。新吾は走った。

駕籠から甃右衛門が転げ出てきた。黒い影の手に匕首《あいくち》が見えた。甃右衛門が何か必死に叫んでいる。

黒い影が匕首を振りかざした。

「待て」

新吾は走りながら叫ぶ。

甃右衛門に振りかざした匕首の動きが止まった。賊が新吾のほうに顔を向けた。黒い布で頰っ被りをしていた。

新吾は駆けつけた。

「風斎に頼んだのは私だ」

甃右衛門が賊に訴えている。

「おい、聞いているのか。とりやめだ。風斎は死んだんだ」

「甃右衛門さん。この男を知っているんですか」

「風斎の知り合いだ」

賊は匕首を構えたまま後退《あとじさ》った。

「待ってくれ。私の話を聞いてくれ」

翫右衛門は賊に呼びかけた。

賊はいきなり体の向きを変えて駆けだした。

「待ってくれ。頼む。あの男を呼び止めてくれ」

新吾は男のあとを追った。だが、すでに男は大川のほうの暗がりに消えていた。

新吾は戻った。

「風斎の知り合いだと仰っていましたが、なぜ、あなたを襲ったのですか」

「あの男は……」

駕籠かきが戻ってきたので、翫右衛門は口を閉ざした。

「辻《つじ》強盗ですか」

駕籠かきがきく。

「客を放って逃げていいのか」

翫右衛門が声を荒らげた。

「すみません」

駕籠かきが小さくなった。

「まあ、いい。やってくれ」

「甑右衛門さん。また、現われるといけないので、ついて行きましょう」

「へい」

新吾は呼びかけた。

「宇津木先生、すみません」

甑右衛門が駕籠に乗り込み、駕籠かきが掛け声と共に駕籠を担いだ。

新吾は駕籠のあとをついて新大橋を渡った。

甑右衛門と賊との関わりが考えつかない。賊は風斎の知り合いらしい。なぜ、そんな男が甑右衛門を襲ったのか。

甑右衛門と風斎の間で何があったのだろうか。

橋を渡り、駕籠は浜町堀に出て、堀沿いを北に向かった。賊が待ち伏せている気配はなかった。

馬喰町に入り、駕籠が止まった。そば屋の前だ。

甑右衛門が駕籠から下りて、駕籠賃を払ってから、「宇津木さん。ちょっとよろしいでしょうか」

と、誘った。

「わかりました」

甑右衛門は障子戸を開けて入り、亭主に声をかけた。

「二階、使わせてくれるか」

「へい。どうぞ」

亭主は即座に応じた。

甑右衛門と新吾は二階の小部屋に上がった。

「家だと、煩《わずら》わしいので」

差し向かいになるなり、甑右衛門は言う。

「はい」

やって来た亭主にまだ酒は呑めないからと茶を頼み、亭主が階下に行く足音を聞いて、「さっきの男は殺し屋です」

「殺し屋？」

「はい。私は殺し屋に狙われているのです」

「誰が差し向けたのですか」

「私です」

「えっ？」

新吾は事情が呑み込めなかった。

梯子段《はしごだん》を上がる足音がしたので、翫右衛門は開きかけた口を閉じた。

障子が開いて、小女《こおんな》が茶を持ってきた。

「すまないね」

翫右衛門は小女に礼を言う。

小女が出て行ってから、「お酒が呑めないのも不自由なものです」

翫右衛門は自嘲《じちょう》する。

「じきに呑めるようになります。ただ、あまり呑みすぎないほうがいいです」

「ええ」

「では、お話をお聞かせください」

「わかりました」

翫右衛門は茶を一口すすってから、「すべては労咳を言い渡されてからはじまりました。咳が出て、ときたま血を吐き、食事が出来ずにどんどん痩せていく。そんなときに、永井秀法先生に労咳と言われたのですから、疑いを挟《はさ》むことなどあり得ません。労咳を言い渡されたあと、秀法先生から言われたのは、休養と滋養が必要だからどこか別のところで養生するようにということでした」

「……」

「まだ幼い子どもがこの病にかかりやすいそうなので、私は隠居をし、どこかの土地で養生暮らしをはじめるつもりでいました。その一方で、よくなるようにと神頼みし、富ヶ岡八幡宮にも行きました。そのとき、大道易者の一幸堂風斎が辻八卦をしていたのです。境内《けいだい》から出てきた私を呼び止めました。死相が出ていると……」

甃右衛門は苦笑し、「私は、家族と隔離されて生きて行くのには堪えられない。それに、惨《みじ》めな生きざまも曝したくありません。どうせ死ぬなら早く死にたい。死ぬのはいつごろかと、観てもらいました。そんなに死にたいなら、なぜ、自分で死なないのかときかれ、自害する勇気はないと答えたところ、風斎がこう言ったのです。では、誰かに殺してもらったらいかがかと」

「風斎は単なる易者ではなかったのですね」

「そうです。殺しを請け負い、殺し屋にやらせている男でした」

「あなたは、その話に乗ったのですか」

「あのときの私は死を言い渡されて、どうかしていたのです。死神にとりつかれていたんです。知らないうちに、殺される。それを望んでいました。それで、風斎と取り引きをしました。三十両で」

「三十両……。でも、風斎は信用出来たのですか。殺し屋のことは嘘《うそ》で、金をだまし取るだけが狙いだったのでは？」

「私は信じました」

「そうですか」

「そのあとで、私は幻宗先生のところに担ぎ込まれ、見立て違いだと教えられました。労咳ではなかったという喜びの一方で、風斎と取り引きをしたことを思いだしました。それで、すぐ番頭に風斎を呼びに行かせました。取り引きの中止を告げるためです。そしたら、風斎が見つからないという。殺されるのだと知って愕然《がくぜん》としました。そのときになって、私はもしかしたら風斎はいかさま師で、殺し屋のことなどは嘘だったかもしれないと思いたくなって、入船町の長屋に風斎のことをききに行ったんです。風斎に特に怪しいところは見当たりませんでした。それで、安心していたら、さっき……」

「さっきの賊は風斎から命じられた殺し屋だったと？」

「そうです。あの男は、依頼を果たそうと、私を襲ったのです」

「単なる辻強盗だったとは考えられませんか。風斎さんの死も物取りの仕業だと見られているようです」

「いえ。違います。金のことは言わず、いきなり匕首を振りかざしてきました。最初から殺すことが狙いとしか思えません」

確かに、あの賊は駕籠のあとをつけていた。辻強盗なら、どこかで獲物を待ち伏せていただろう。

「町奉行所に相談したほうがいいでしょうね」

「……」

甕右衛門からすぐに返事はなかった。

「どうでしょうか」

「話すとなると、永井秀法先生の見立て違いから話をしなければなりませんね。そうでなければ、なぜ私が風斎と取り引きをしたかがわかってもらえません」

「何か、秀法先生に遠慮が？」

「秀法先生には、家族ばかりでなく、『美濃屋』の奉公人も診てもらっているのです。常に、他のひとより先に診てくれます。もし、見立て違いが世間に知られて、先生の名誉に傷をつけるようなことになったら……」

「秀法先生に不名誉にならないように私から話しておきます。このままでは、いつまた、さっきの賊があなたを狙うかもしれません」

「今度、現われたとき、事情を説明してわかってもらえないだろうか」

「わかりません。ただ、あの賊の構えからしてかなり匕首の扱いに馴れているようでした。風斎が死んでも、依頼を忠実に果たそうとするところからして、殺し屋稼業の人間かもしれません。そういう人間なら何があろうが依頼を果たそうとするでしょう。殺し屋にとって信用を保つには約束を果たすことしかありません。事情を話す前に襲われるか、事情を聞いても、信じないか」

「……」

「翫右衛門さん。風斎さん殺しの探索をしている南町の同心笹本康平さま。その手札をもらっている伊根吉親分に話しましょう。風斎さんの周辺の探索から殺し屋の男が見つかるかもしれません」

「そうだろうか」

「おそらく、風斎さんは他からも殺しの依頼を受けて、殺し屋に殺しを命じていたはずです」

「そうするしかないか。わかりました。宇津木先生のほうからうまく話していただけますか。それから、家内らには私が死のうとしたことは知られたくないのです」

「そのことはうまく話しておきます」

「ただ、外出するとき、親分さんがいつも付いてきてくれるとは限りません。用心棒を雇って、万が一に備えようかと思っています」

「用心棒ですか。心当たりは？」

「あります」

翫右衛門は頷き、「では、おそばでもいただきましょうか。しっぽくでよろしいですか」

「私はかけそばで結構です」

「そう言わず、しっぽくをいただきましょう」

翫右衛門は手を叩いた。

小女がやって来て、翫右衛門がしっぽくをふたつ頼んだ。しっぽくは玉子焼き、かまぼこ、しいたけなどの具を載せたそばである。

小女が下がったあと、「お伺いしてよろしいでしょうか」

と、新吾は疑問を口にした。

「秀法先生の見立て違いによって、翫右衛門さんは自分に対して殺し屋を差し向けたのです。今になってそのことで苦しんでいるのに、なぜ、怒りを持たないのですか。過ちを認めて謝って済むようなことではないように思えるのですが」

「その疑いはもっともです」

磊右衛門は素直に応じ、少し困惑の体《てい》を示した。答えないかと思ったが、しばらくして顔を向けた。

「じつは、血を吐いたときから、自分で労咳ではないかと思い込んでしまったんです。それで、秀法先生に診てもらうとき、労咳ではないかと先にきいたんです。そのことも、誤った原因かもしれません」

「いや、医者なら診察してから判断するはずです」

「五年前、家内は産後の肥立《ひだ》ちが悪く、生きるか死ぬかの大騒ぎになりました。それを救ってくれたのが秀法先生なのです。命の恩人ですから、今回のことも家内が事を荒立てないでと言うもので。それだけでなく、子どもが熱を出したときも、秀法先生は一晩中、付き添って診てくださったんです。家内や子どもの今後のことを考えたら、秀法先生と仲違《なかたが》いするわけにはいかないのです」

「そうでしたか」

「正直、怒りはあります。見立て違いによって、私は地獄に落とされたのですからね」

磊右衛門は心を落ち着かせるように深く息を吸って思い切り吐いた。

「殺し屋の件は伊根吉親分に頼んでおきます。心配しないでください」

梯子段を上がる足音がしたので、新吾は口をつぐんだ。翫右衛門は軽く会釈をした。

三

翌日、幻宗の施療院で診療に当たった。

交替で昼飯を食うために、先に新吾が休憩に入った。ちょうど、岡っ引きの伊根吉と米次がやって来たからだ。

今朝、ここに来る前に、佐賀町の自身番《じしんばん》やその他のここまでの通り道にある自身番に寄り、伊根吉親分に一幸堂風斎のことで話があるから施療院を訪ねて欲しいという言伝《ことづ》てをしておいたのだ。

「親分さん、米次さん。わざわざ来ていただいて申し訳ありません」

空いている部屋で、新吾はまず詫びた。

「そんなことより、話を聞かせてもらおう」

伊根吉が催促する。

「はい。じつは馬喰町一丁目にある紙問屋『美濃屋』の主人翫右衛門さんのことからお話ししなければなりません」

そう言い、甃右衛門が労咳と診断され、もう生きていても仕方ないと思っていたとき、大道易者の一幸堂風斎に声をかけられたということから、ゆうべ殺し屋らしき男に襲われたことまでを話した。

「甃右衛門の話は信じられるのか」

伊根吉が疑問を口にした。

「自分を殺すように殺し屋に頼むなんて信じられねえ」

「労咳は不治の病です。労咳でおかみさんや子どもと離ればなれになって暮らさなければならないことに堪えられなかったんだと思います。最期はひとりぼっちで、惨めに死んでいく。そのことを考えると、生きていくには辛すぎる。かといって、自分で死ぬ勇気もない。そこで、殺し屋の話に乗ってしまったんです」

「でも、見立て違いをした医者の大失態じゃないんですかえ」

「悪い条件が重なったんだと思います。甃右衛門さんも自分で労咳だと思い込んでいたのです。それで……」

「まあ、今さら、そんなことを詮索しても仕方ねえ。ともかく、その殺し屋を見つけなければならねえ。宇津木さんは、その男を見ているんですね」

「はい。頰っ被りをしていたので顔はわかりませんが、細身で、敏捷《びんしょう》な男でした。匕首の扱いに馴れているようです」

「親分。殺し屋なら、他でもやっていそうですね」

「おそらくな。深川界隈じゃ、不審な殺しはない。だが、他であったかもしれねえ。旦那に調べてもらおう」

「親分」

新吾は口を入れた。

「一幸堂風斎殺しの下手人は見当がついたんですか」

「わからねえ。刀で斬られていた。辻強盗という見方をしているが、この界隈で辻強盗が出たという噂はきかねえ」

「下手人は侍ですか」

「そうだ。袈裟《けさ》懸《が》けに斬られていた」

「殺し屋は侍ではありませんでした」

「仲間割れを考えたのか。風斎が殺し屋をふたり雇っていたってことも考えられなくはねえ。分け前のことで揉めたってこともなくはねえ」

伊根吉は顎に手を当て、「ともかく氦右衛門に会って話をきいてみなくてははじまらねえ。笹本の旦那と会いに行ってみることにする」

「親分さん。お願いいたします」

伊根吉と米次が引き上げたあと、長英がやって来た。

「あの岡っ引きが殺し屋から翫右衛門を守れると思うか」

長英には、今朝、殺し屋の件を話した。

「どうしてですか」

「用心棒ではないということだ。ずっと翫右衛門にへばりついているわけにはいくまい」

「確かに、そうですね」

「用心棒を雇うほうがいい」

「そのつもりのようです」

「そうか」

「でも、用心棒は身を守るために必要ですが、殺し屋を捕まえない限り、いつまでも恐怖を引きずっていかなければなりません」

「それはそうだが、ともかく、厄介《やっかい》な病人だ。いたずらも度が過ぎる」

殺し屋に自分を殺させようとしたことを、長英は揶揄《やゆ》した。

「死を言い渡された患者の絶望と恐怖は想像に難くありません。独り身の人間と家族のいる人間とでは手応えはまったく違います。貧しいひとと富裕なひとでも大きく変わりましょう。医者として、そういう患者とどう向き合うか……」

「おいおい、幻宗先生に言われているようだ。やめてくれ」

長英はうんざりしたように言う。

夕方になって、新吾は幻宗の施療院をあとにした。

小名木川にかかる高橋の袂に、饅頭笠《まんじゅうがさ》をかぶった侍が待っていた。薄汚れた羽織に裁《た》っ着《つ》け袴、大小を差している。

新吾は思わず身を固くした。間宮林蔵だった。

「間宮さま」

「待っていた」

笠から覗く林蔵の口が動いた。

「私に何か」

林蔵は近づいて、「土生玄碩が投獄されて数カ月。幻宗の施療院はまだ続いているようだな」

「間宮さまは幻宗先生の金主をお捜しですか」

「患者から金をとらずに施療院を続けていられるわけを知りたいだけだ。そなたも知りたかろう」

「間宮さまは、玄碩さまに目を向けておられました。でも、今回のことで、金主は玄碩さまではないことがはっきりしました」

「そうだ。はっきりした」

「なぜ、金主を知りたいのですか」

「そなたは何か気づいていないか」

新吾の問いかけを無視し、林蔵がきく。

「知りません。それより、玄碩さまとの関わりがなくなったのに、どうしてまだ幻宗さまのことを調べているのですか」

「玄碩との関わりがなかったことがはっきりしたから調べているのだ」

「どういうことでしょうか」

「それより、今、施療院に長崎遊学を終えた若い医師がいるそうだな」

「ええ」

長英のことが、林蔵の耳に入ったのだ。

「名は？」

「高野新太郎《しんたろう》どのです」

施療院で名乗っている名を告げた。

「高野新太郎？」

林蔵の目が鈍く光った。

「間違いないか」

「はい。私はそう聞いています」

「鳴滝塾の塾生ではないのか」

「いえ。私の師の吉雄権之助先生の紹介でやって来たそうです」

「吉雄権之助か」

「何をお調べですか」

「いや」

林蔵はとぼけているようだ。

「間宮さま」

新吾はつい語気を強め、「間宮さまは、最初からシーボルト先生を間諜だと疑って調べていたのですか。その根拠はなんだったのですか」

シーボルトは日本の内情を探っていた間諜であると見なされている。

「何か誤解をしているようだ」

林蔵は落ち着いて言う。

「偶然だ。去年の八月に、長崎を襲った嵐で港に停泊していた和蘭《オランダ》船が座礁した。積荷から、日本地図や葵の紋の入った羽織が見つかり、大騒ぎになったというわけだ」

「でも、間宮さまは、それ以前からシーボルト先生のことを調べていたではありませんか。二年前にシーボルト先生が江戸に来たとき、宿泊先の『長崎屋《ながさき》』に訪れた高橋景保さま、土生玄碩さま、そして幻宗先生……」

「待て」

林蔵は制した。

「それは何かの間違いだ。わしはあくまでも座礁した和蘭船からご禁制の品物が見つかったことを受けて探索をはじめただけだ」

林蔵は再びとぼけている。

「では、それ以前にも幻宗先生のところにやって来たのはなぜですか」

「……」

「高橋景保さまは獄死されたそうですね。なぜ、獄死したのですか」

「そのようなことは知らぬ。わしが高橋景保どのへの遺恨から密告したと噂している者もいるようだが、とんでもない誤解だ。おそらく、景保どのが我が師である高橋至時先生の伜であることから、わしと景保どのとに確執があったと無責任に考えたのであろう。景保どのが国外持ち出し禁止の日本地図をシーボルトに贈ったのは事実であり、土生玄碩どのが将軍家より拝領の品である葵の紋の入った羽織をシーボルトに贈ったのも事実なのだ」

林蔵は平然と言い、「わしが幻宗どのの施療院に出向いているのは金主を探るためだ。患者から薬礼をとらず、どうやって施療院をやっていけるのか気になっただけだ」

「なぜ、それほど金主にこだわるのですか。土生玄碩どのではなかったことがはっきりしましたが、もし玄碩どのだったら、どうだったというのですか」

「逆だ」

「逆？」

「玄碩どのだったら、何ら問題はなかった」

「そういうことですか」

「幻宗は松江《まつえ》藩の藩医の家に生れた。長崎遊学を終えたあと、松江藩の江戸屋敷に住んだが、七年前、突如、藩医をやめている」

林蔵は続ける。

「やめた理由は幻宗が誤診したため、藩主が病死したからだそうだ。だが、問題はそのことより、やめたあと深川で施療院をはじめるまでの数年間、どこで何をしていたかは不明だ。そこに、なにか秘密がある。そのことを調べているのだ」

「……」

林蔵は意外なことを言った。どんな秘密かをきき返す前に、「では、また会おう」と、林蔵は先に高橋を渡って行った。

新吾は意味ありげな林蔵の言葉が喉に魚の小骨が引っかかったように気になった。

玄碩どのだったら、何ら問題はなかったとは……。確かに、玄碩が金主だったとしても、それは林蔵には関わりないことだ。シーボルトに贈り物をしたことで災いを受けたが、玄碩は違法な手段で金を稼いだわけではない。

ひょっとしたら金主が玄碩ではないかと調べていたのではなく、玄碩ではないという証を得るために動いていたのではないか。

玄碩ではなく、誰が金主だと……。シーボルトだ。幻宗の施療院はシーボルトから金が出ている。

林蔵はそう見ているのではないか。つまり、シーボルトの間諜の手助けをしていたのが幻宗だと疑っていたのではないか。その見返りに、施療院を続けられるだけの金を得た。

いや、だが、シーボルトは今、長崎の自分の屋敷で軟禁状態にあるのだ。もはや、金は引き出せないはずだ。

土生玄碩との関係と同じだ。いまだに、施療院が続いていることをみても、シーボルトとは関係ないことは明白だ。

だが、林蔵はそうは見ていないのかもしれない。長英かもしれない。長英がシーボルトからの知らせを幻宗に伝えに来たと思っているのではないか。

まだ、シーボルト事件は終わっていない。そう考えて、新吾は愕然とした。

新吾は幻宗の施療院に引き返した。

「あら、お忘れ物でも？」

おしんが不思議そうな顔をした。

「高野さん、いらっしゃいますか」

「あら、出かけました」

「出かけた？　急患ですか」

患者の家に往診に行ったのかと思った。

「いえ、呑みにですよ」

「呑みに？」

「ええ。いつもそうです。そこのいかがわしい場所にある『千鳥《ちどり》』という店で、いつも呑んでいます。何かあったら、そこに知らせに来てくれと言われてます」

「そこに行ってみます」

新吾はすぐに施療院を出た。

近くに遊女屋や怪しげな呑み屋が軒を並べる一帯がある。ふだんはその通りを避けて施療院に通っている。

『千鳥』という店は遊女屋の並びにあった。

間口の狭い店で、店内は客がふたりいるだけだった。長英はいない。

「いらっしゃい」

年配の女が出てきた。

「ひとを捜しにきたのですが、二階もあるのですか」

「二階？」

不思議そうな顔をしたあとで、女はにやりと笑った。

「二階は楽しむところよ」

どうやら、呑み屋ということになっているが、二階では女が客をとっているようだ。

「ひょっとして、おまえさん、幻宗先生のとこの？」

「はい」

「高野先生ね。今、奥にいるわ。すぐ戻るから、ここで待ってて」

女は小上がりの座敷を指さした。

新吾は言われたとおりに小上がりで待った。長英は女を買っているのだろうか。

しばらくして、長英が奥から出てきた。

「おや、新吾ではないか」

「おしんさんにきいたら、ここだと言うので」

「そうか」

長英は向かいに座った。

「ここにはよく来るのですか」

「ああ、最近は毎日な」

年配の女が酒を持ってきた。

「いいのか。すまないな」

長英は銚子をつまんで自分の猪口《ちょこ》に注ぐ。

「お互い、手酌だ」

「このお酒は？」

「往診の礼だ。遠慮するな」

「おしんさんは呑みに行ったと言ってましたが、二階は……」

新吾は声を落した。

「そうだ。ここは女郎屋だ」

長英は言ってから、「待て。誤解するな」

と、あわてて言う。

「ここに、おまちという女がいる。心の臓を患っている」

「えっ？」

「奥で寝ている」

「かなり悪いのですか」

「いや、だいぶよくなった」

「どうして、長英さんが？」

「幻宗先生に頼まれた」

「幻宗先生に」

「そうだ。幻宗先生が往診で治療していたが、最近になって俺が診るようになった」

「そうですか」

「俺が女遊びをしていると思ったか」

「いえ」

「それより、なんだ？」

日傭取《ひようと》りらしい男がふたり、酒を呑みながら声高に喋《しゃべ》っているので、こっちの声はかき消される。それでも、小声になった。

「間宮林蔵さまが来ました」

「なに」

長英の顔色が変わった。

「俺のことをきいていたか」

「ええ」

「……」

「どうやら間宮さまは、幻宗先生の施療院にシーボルト先生から金が出ていたのではないかと疑っています」

「高野さんがやって来たのもシーボルト先生からの指示ではないかと思っているのかもしれません」

「ばかな」

「シーボルト先生から金が出ているわけはない」

長英は言い切った。

「間宮さまは、幻宗先生が消息を断っていた数年間のことを気にしていたようです。おそらく、幻宗先生がシーボルト先生の命を受けて動き回っていたと考えているのではないでしょうか」

「あり得ない」

長英は一蹴し、「シーボルト先生のやり方は塾生にいろいろな分野の課題を与えて調査し、報告をさせる。塾生にとっては蘭学の勉強になるし、先生にとっては日本のことをいろいろ知ることが出来る。金で日本のことを知ろうとはしない」

「日本のことを知ろうとしていたのですか」

「そうだ」

「では、やはり、シーボルト先生は？」

「さあ、どうかな」

間諜かときいたのだ。長英は曖昧《あいまい》に笑った。

「いずれにしろ、シーボルト先生から幻宗先生に金が出るはずはない」

「間宮さまは、そう考えているのに違いありません」

「いずれ、見当違いに気づくだろう。だが、俺が来たことで、さらに疑いを深めさせたとしたら……」

長英は困惑した顔をした。

「間宮林蔵は執拗《しつよう》だ。あの男のために仲間も投獄されたんだ」

長英は悔しそうに言い、「出て行くしかないか」

「出て行くって、どこに？」

「わからん。だが、師事したい学者はたくさんいる。幻宗先生から学ぶことはなにもない。ここに往診させられたのも面白くなかった。患者にどう向き合うかということばかり言って、患者のご機嫌をとるようなことばかりしていちゃだめだ。金持ちからは金をとる。そうしないと、施療院は長続きしない。そろそろ潮時なのかもしれない」

「幻宗先生についていけないということですか」

新吾はむっとして言う。

「まあな。はっきり言えば、失望した」

「失望ですって」

「そうだ。貧しい人間ばかり相手をしていて何が楽しいのだ」

「先生は金持ちも貧しい人間も分け隔《へだ》てなく診ています」

「俺のような男に、こんな女郎の往診をさせるなんて……」

「ここの女性たちだって精一杯生きているんです。病に罹れば、暮らしにも困る。そういったひとたちを療治するのが……」

「よせ。きれいごとなんか」

長英は軽くいなすように言う。

「一度、お訊ねしたいと思っていたことがあります。いい機会ですから、お訊ねします」

「なんだ、むきになって」

「鳴滝塾にも手が入ったとき、高野さんだけ逃げることが出来ました。塾生を嗅ぎ回っている人間がいることに気づいて、何かあると思ったということですね」

「そうだ。それがどうした？」

「そのことを、他の塾生に教えてやれば、たくさんの塾生が助かったのではないですか」

「この前、言っただろう。塾生がいっせいに逃げたら目立つ。俺ひとりだから逃げられたのだ」

「そのことで、なんとも思っていないのですか。投獄された塾生にすまないと思わないのですか」

「なぜだ？」

「えっ？」

「なぜ、他の塾生にすまないと思わなきゃならないのだ。捕まったことでは同情はしている。安否も気になる。だが、俺だけ助かったのは天が俺にはそれだけの値打ちがあると認めたからだ」

「……」

「なんだ、その顔は？」

「そういうもんでしょうか」

「そういうもんだ。他の塾生全員を助けるより、俺が助かったほうが世のためだ。なにか、文句あるか」

「いえ」

確かに、豪語するだけの腕があるのは事実だ。

「新吾」

長英はにやつきながら、「女だろう」

と、いきなりきいた。

「何がですか」

「苦しんでいるんだろう。いらだったりもしている」

「……」

「隠すな。女のことで苦しんでいるのはお見通しだ」

「いえ、そういうわけじゃ……」

「好きな女には自分の思いをはっきり伝えろ。聞き入れられないと思ってもはっきり言うのだ。言わないまま別れるから苦しいんだ。まだ、未練があるからいらだつんだ。はっきりだめだと見極めなければ、あとは悲しいだけだ」

そうかもしれない。まだ、香保は自分に思いを寄せてくれているはずだと思うから苦しみ、いらだっているのだ。

香保のことに思いが向かい、長英と何を話し合っていたのかが曖昧になっていた。

四

その夜、五つ半（午後九時）過ぎに帰ったが、順庵は起きて待っていた。

自分に部屋に行くと、順庵もいっしょに入ってきた。酒臭かったのは、今まで呑んでいたのだろう。

「新吾。遅くまでご苦労」

順庵は機嫌がよかった。だが、こういうときは、注意が必要だと警戒した。

「どうだ、幻宗どののところは？」

「ええ、まあまあです」

新吾は適当に答える。別にちゃんとした答えを期待しているわけではないのだ。順庵は今のいい加減な返事で満足している。

「じつはきょう、神田佐久間町《かんださくまちょう》にある表御番医師の吉野良範どののお屋敷に行ってきた。なかなか立派な御仁だった」

順庵はにこやかに続けた。

「新吾の話になってな、今度、新吾といっしょに来るようにと仰ってくださった。お園どのにもお会いしたが、噂に違《たが》わぬ美しい娘御であった」

「義父上」

新吾は順庵の言葉を制し、「もうしばらく猶予《ゆうよ》をください。まだ、気持ちの乱れが残っています。このような状態でお会いしては相手に失礼な言動をいたしかねません」

「そうか」

落胆のため息をついてから、「だが、なるたけ早い時期に挨拶にお伺いしよう。よいな」

「はい」

「では、寝るとしよう」

順庵は部屋を出て行った。

新吾は我が義父ながら呆れるしかなかった。上島漠泉一辺倒だったのに、漠泉の失脚後は振り向きもしない。

これからは、順庵が媚《こ》びへつらうのは吉野良範だ。その変わり身の早さに驚かざるを得ない。

香保が桂川甫賢の弟に嫁げば、漠泉は復権を果たせるかもしれない。漠泉は娘に頼って、再び表御番医師に返り咲くことを夢見ているに違いない。

ふとんに入っても、長英のことや香保のことが交互に頭に浮かんで寝つけなかった。

長英は幻宗に失望したと言った。傲岸不遜《ごうがんふそん》な長英だと知っていても、新吾には長英の言葉は受け入れられない。

しかし、長英ははっきり言った。幻宗の金主はシーボルトではないと。間諜の手助けをしてシーボルトから謝礼をもらっていたとしても、事件が発覚したあとでは金は自由にならないはずだ。

それにも拘わらず、施療院は続いている。投獄された土生玄碩の場合と同じように、軟禁状態にあるシーボルトも金を出すことは出来ない。

香保はほんとうに桂川甫賢の弟に嫁ぐつもりなのだろうか。いや、漠泉はやはり復権を果たしたいのだろうか。

高橋景保との関わりから漠泉にも累が及びかねないと知り、あわてて結納《ゆいのう》を断わってきた相手に、今度はすがろうとしているのはほんとうなのか。

漠泉はそれほど地位にこだわっているのか。父漠泉の復権のために香保はそんな相手でも嫁いでいこうとしているのか。

翌朝、朝餉の前に、新吾は木挽町の漠泉の屋敷に行った。

門は固く閉ざされている。もはや、漠泉の家族はここにいない。わかっているのに、足がここに向いてしまった。

漠泉は隠居を考えていたのに、救いの手が差し伸べられたら、たちまち表御番医師への未練が蘇《よみがえ》ったのだろうか。

香保が富も栄誉も欲しいと言ったのは本心なのか。さまざまな疑いが頭の中で交錯《こうさく》している。

「新吾さま」

声をかけられ、振り向く。

「おはるさん」

漠泉の屋敷にいた女中のおはるだった。

「新吾さま。どうしてここに？」

「つい、足が向いてしまいました。おはるさんは？」

「私もです」

おはるは新吾と並んで立った。

「あれから香保どのとはお会いですか」

「いえ、芝のほうに行かれて、それきりです」

「おはるさんは今は？」

「この近くの呉服屋さんに、漠泉さまの紹介でご奉公に上がっています。今、朝餉の支度が出来た隙を窺ってここに。私には香保さまとの思い出がたくさんあるお屋敷ですから」

「香保どのは、桂川甫賢さまの弟君との縁談がまた持ち上がったそうですね」

「……」

返事がないのでおはるの顔を見た。厳しい表情で、おはるは門を見つめていた。

「おはるさん」

新吾は声をかけた。

「はい」

はっとしたように、おはるは新吾を見た。が、すぐ顔をそむけ、「香保さまは親孝行なお方ですから」

と、呟くように言った。

その意味することはわかった。

「いずれ、漠泉さまもこの屋敷に戻って来られるのですね」

「……」

また、返事がなかった。

だが、今度はおはるが先に口を開いた。

「香保さまから、また戻って来てと言われています」

「そうですか。あなたは戻るおつもりなのですね」

「はい」

はっと気がついたように、「もう帰らないと。すみません、失礼します」

と、おはるは立ち去ろうとした。

「待って」

新吾は呼び止めた。

「香保どのは芝のどちらに？」

「すみません。もう、お会いにならないほうが」

そう言い残し、おはるは小走りに去って行った。

新吾は足がすくんだ。香保と桂川甫賢の弟との縁組は決まったようだ。もはや、新吾の入り込む余地はない。おはるはそう言っているのだ。

これ以上、香保への未練を引きずっていては先に進めない。香保のことを忘れる努力をしなければならない。そう思いながら、胸の底から突き上げてくる悲しみを必死に堪えていた。


昼過ぎに、新吾に客があった。岡っ引きの伊根吉の手下の米次だった。

「米次さん、何かあったんですか」

甑右衛門の身に何かあったのかと思った。

「いえ、そうじゃありません」

「どうぞ、お上がりください」

新吾は米次を自分の部屋に招いた。

「すみません。診療のお邪魔かと思ったのですが」

「義父が診てくれていますから、だいじょうぶです」

米次は腰を下ろしてから、「じつは一幸堂風斎についてわかったことがいくつか」

と、切り出した。

「やはり、風斎は殺しを請け負っていた疑いがあります。長屋の住まいの床下から百両近い金と共に、殺しの始末帳が見つかりました」

「殺しの始末帳？」

「はい。そこに、これまで請け負った殺しの相手の名と金額が記されていました。依頼人の名はありません。記されているのは四人。翫右衛門の名もありました。そのうち三人はすでに死んでいました」

「三人はどういうひとたちですか」

「ひとりは、長谷川町《はせがわ》に住む大工の重吉《じゆうきち》で、酔っぱらって浜町堀にはまって死んでいます。もうひとりは、神谷町《かみや》に住む商家の主人勘三郎《かんさぶろう》が愛宕《あたご》神社参拝の帰りに急な石段から転げ落ちて頭を打って死んでいました。もうひとりは、本所界隈《ほんじよかいわい》の地廻りの寛三《かんぞう》で、喧嘩《けんか》をしてこん棒で頭を殴られて死んでいました」

「そうですか」

他の殺しは事故や喧嘩を装っているのに、翫右衛門の殺しが匕首なのが気になった。

「辻八卦をしながら、依頼人を見つけていたようです。ただ、長屋に風斎を訪ねてくる人間はいません。思うに、殺し屋も辻八卦の客のふりをして相手の名前を聞いていたんじゃねえかっていうことです」

「では、殺し屋についてはわからないのですね」

「そうなんです。殺し屋を見ているのは宇津木さんだけです。ふたりの駕籠かきは何にも覚えていません。体ばかりでかくて、気が小さい野郎です」

米次は身を乗り出すようにして、「そこで笹本の旦那や伊根吉親分が宇津木さんに手を貸してもらえないかと」

「お手伝いすることはやぶさかでありませんが、診療のほうがありますので」

「へい、承知しております。じつは明日の夜、深川の仲町《なかちょう》の料理屋で紙問屋の寄合があり、翫右衛門も参加するそうです。もし、殺し屋が襲うとすればこのときではないかと笹本の旦那も睨んでいます。この機にいっきに殺し屋を捕まえたいということです。宇津木さんに不審な人物を見張ってもらいたいと」

「わかりました。明日、お力をお貸しいたします」

「ありがとうございます。さっそく、立ち戻って親分に知らせます」

「明日は幻宗先生の施療院におりますから」

「へい。では、よろしく」

米次は引き上げて行った。

一幸堂風斎が殺されなければ、先の三人の死は事故、あるいは喧嘩として始末されたままだった。

酔っぱらって浜町堀にはまって死んだという長谷川町に住む大工の重吉の探索は、神田、日本橋《にほんばし》界隈を受け持つ南町定町廻りの津久井半兵衛《つくいはんべえ》が行っているはずだ。

半兵衛は漠泉と懇意にしている同心で、漠泉に引き合わせてもらったことがある。半兵衛に重吉殺しについてわかっていることを聞いてみたいと思った。だが、それ以上に漠泉のことで何かわかるかもしれない。そのことへの期待もあって、半兵衛に会ってみようと思った。

その日の診療を終えて、津久井半兵衛に会いに行こうとしたら、義母が来客を告げた。

玄関に出て行くと、津久井半兵衛が立っていた。半兵衛は四十歳前後。鋭い顔だちだが、切れ長の目はやさしそうだ。

「津久井さま。お訪ねしようとしていたところでした」

新吾は思わぬ訪問に驚いて言う。

「そうですか。笹本どのに会ったら、明日の夜、翫右衛門を狙う殺し屋を迎え撃つ手助けをしてくれると聞きましてね」

「はい。私もその殺し屋のことでお訪ねしたかったのです。さあ、どうぞ、お上がりください」

米次と同じように、自分の部屋に招《しょう》じた。

差し向かいになり、「大工の重吉の件は何かわかりましたか」

と、新吾はきいた。

「重吉は大酒呑みだった。稼ぎを全部酒にしてしまうような男で、かみさんは内職をして子どもを育てていた。酔うと、乱暴を働き、長屋の人間からも嫌われていた。堀にはまって死んだとき、長屋中で祝いをしたっていうほどだ。だから、重吉を殺したいと思っている人間は何人もいる。かみさんが、その筆頭かもしれない。内職で稼いだ金も持っていってしまうこともしょっちゅうだったようだ。文句を言えば、殴《なぐ》られる。かみさんはいつも顔を腫《は》らしていたそうだ。だが、かみさんには殺し屋に払う金はない」

「重吉さんというのはそんな男だったんですか」

「そうだ。だから、他にも殺したいと思うほど恨んでいる人間はいた。同じ大工仲間の男とは仲が悪かったようだ。だが、殺し屋を雇ったという証はない。一幸堂風斎なと知らないとみな言う。殺し屋を捕まえて白状させない限り、依頼人はわからない」

「風斎は殺し屋に依頼人の名を告げていないと思います」

「……」

「ですから、翫右衛門を狙っている殺し屋は依頼人が翫右衛門自身であることを知らないのだと思います」

知っていたなら、甑右衛門の訴えにも耳を傾けたであろう。

「そうだとすると、もはや、重吉殺しを依頼した人間はわからずじまいということになるな」

「はい」

ただ、なぜ、甑右衛門は事故死に見せかけようとせず、匕首で殺そうとしたのか。殺す方法に風斎の指示があったのか。

「依頼人の名を告げなかったのかもしれませんが、殺しの方法は指図《さしず》したのかもしれません」

「殺しの方法？」

「はい。大工の重吉、商家の主人勘三郎は事故死に見せかけている。つまり、殺しだとわかれば、依頼人の見当がつくからではありませんか。寛三は喧嘩で殺されたとしても不自然ではない人間だった。それなのに、甑右衛門には匕首を使った。つまり、甑右衛門にはどのような殺し方でもいいと風斎は殺し屋に告げたのではないでしょうか」

「下手人は甑右衛門自身だからか」

「はい。下手人が永久に捕まらないと思ってのことだったのでは……」

「しかし、間違った下手人を上げてしまいかねない。その危険はあるんではないか」

「そうですね」

半兵衛の指摘ももっともだ。

たまたま、翫右衛門を恨んでいる人間がいたとしたら、下手人にされかねない。そう考えたら、翫右衛門の場合も事故死を偽装したほうがよかったかもしれない。

なぜ、匕首で襲ったのか。

「この書物は?」

半兵衛が部屋の隅に積んである書物を見てきいた。

「漠泉さまからいただきました」

「上島どのから?」

「はい」

半兵衛から話を持ちだされたので、新吾はこのときとばかりに、「漠泉さまは表御番医師の役務を外されてしまいました。そのとき、もう自分には不要だからと下さったのです」

「そうか。ただの町医者としてやりはじめるのはやはり無理であろうな。惜しい」

「最近、漠泉さまにお会いには？」

「会っていない」

「そうですか」

「いや、そういえば……」

半兵衛は思いだしたように、「香保どのがお嫁に行かれるという話を聞いた。聞いておるか」

「いえ」

「上島どのが復権を目指すために娘を利用しているなどという話を聞いたのでな。無責任な噂だ。上島どのがそのような真似をするはずない。おや、どうした、顔色が悪い？」

「いえ、なんでもありません」

「では、明日、よろしくお願いします。いや、こちらで結構」

見送りを辞退し、半兵衛はひとりで部屋を出て行った。

香保が嫁に行く話はどこから出ているのか。桂川家のほうから伝わったのか。そうだとしたら、無責任な噂とは言えない。

新吾はしばらく立ち上がることも出来なかった。

五

翌朝、新吾は永代橋を渡り、常磐町二丁目の幻宗の施療院に向かうと、饅頭笠をかぶった間宮林蔵がやって来るのに出会った。

「間宮さま」

「あの男がおらぬ」

林蔵は吐き捨てた。

「あの男？」

長英のことに違いない。

「高野さんのことですか」

「そうだ。幻宗が逃がした」

「待ってください。なぜ、幻宗先生がそのようなことを？」

「シーボルトの息のかかった者だからだ」

「間宮さまは誤解しておられます」

「誤解？」

「はい。幻宗先生の金主です。間宮さまは、シーボルト先生からの依頼を受けて幻宗先生が諸々の調べをしていたとお考えのようですが、仮にそうだったとしても、その見返りはとっくに途絶えているはずです」

「高野長英にきけばわかる」

「あの方は長英どのではありません」

「隠しても無駄だ」

「なぜ、そこまで執拗に幻宗先生までお疑いになるのですか」

新吾は林蔵に迫る。

「間宮さまのやりようは、高橋景保さまへの遺恨から発したことを隠すために、その他の方々をも巻き込んでいるように思えてなりません」

「ばかなことを」

笠の内で林蔵の表情はわからないが、僅《わず》かに覗く口許が歪《ゆが》んだ。

「はっきり言っておく。鳴滝塾の塾頭高野長英はいち早く長崎から逃げた……」

「高野長英どのではありません」

「まあいい。いずれにしろ、逃げられたんだ」

林蔵は無念そうに言ったあとで、「そなたが申すように、シーボルトが幻宗の金主ではないだろう。だが、消息を晦《くら》ましていた数年間、幻宗とシーボルトが何らかの形で通じ合っていたと見ている」

そう言い、林蔵は新吾の脇をすり抜けようとした。

「間宮さま。これからも幻宗先生につきまとうつもりですか」

「そなたも、幻宗の金主を知りたいであろう」

「……」

「また会おう」

林蔵は去って行った。

はっと気づいて、新吾は急いで施療院に向かった。

施療院に入り、新吾は幻宗のところに向かった。すでに大部屋には何人かの患者が待っていた。

幻宗は療治部屋にいた。おしんが患者を受け入れる支度をしていた。

「先生、今よろしいですか」

「うむ」

向かいに腰を下ろすなり、「今、間宮さまとすれ違いました。高野さんが出て行かれたというのはほんとうですか」

「きのう、出て行った」

新吾は気落ちした。あまりにも急すぎる。

「これ以上いたのでは、わしに迷惑がかかると思ったのだろう。残念だが、仕方ない」

「私も残念です。傲岸不遜なお方でしたが、教わることも多かったと思います」

「私は嫌いでした」

おしんが横合いから口を入れた。

「だって、自分よりずっと年長の患者さんに対してもえらそうな態度で」

「あの男は才気のある男だ。傲岸不遜な態度をとっていたのは、あの男なりに考えてのことだ」

「どういうことでございますか」

新吾はきく。

「若い医者では、患者が信頼できまい。同じ見立てを告げても、わしが言うのと新吾が言うのでは患者の受けとめ方は違う。どうしても年配の言うことのほうが重みがある。腕の優劣ではない。長英は年配の患者から軽く見られないようにわざと横柄な態度に出ていたのだ。確かに傲岸不遜だが、その結果どうだ。長英が診た患者はみなよくなっている。長英に信頼を寄せているからだ。だから、長英の言うことをよくきく。甃右衛門が典型だ。どうだ、患者の評判は？」

幻宗は傍らで目を見張っているおしんにきいた。

「そういえば、皆さん、何だかんだ言いながら、高野先生のことを頼りにしていました。それに、真夜中でも急患があれば、往診に出かけました。重篤《じゅうとく》な患者さんにはずっと寄り添っていたり。それから、『千鳥』という店のひとがお礼を言いにきました。親身に診ていただいたと」

「『千鳥』に往診に行かされたと嘆いていたのは嘘だったんですね」

「あの男なりに患者のことを考えてやっているのだ。強がりも、患者にとっては良薬だ」

「そうでしたか」

「だが、新吾は新吾なりの姿がある。あのように出来るのは長英だからだ」

「はい」

新吾は答えてから、「でも、残念でなりません。もっと、ごいっしょして、いろいろ教わりたいと思っていましたので」

「あの男はいずれ蘭学者として頭角を現していくだろう。いつかまた、巡り逢うはずだ」

「はい」

「さあ、そろそろはじめよう。患者が待っている。長英がいなくなったぶん、また忙しくなる」

幻宗の掛け声で、新吾は気持ちを切り換えた。

その日の診療を終え、いつものように幻宗は濡縁に座り、狭い庭を見ながら湯呑み一杯の酒を呑みだした。

新吾はそばに行き、「先生。これから訊右衛門さんの警護に行ってきます」

「なぜだ」

幻宗が呟く。

「何がでしょうか」

「殺し屋に自分を殺させることだ。聞いたことがない」

「はい。それだけ訊右衛門さんは労咳だと告げられたことで絶望したのでしょう」

「わしはこれまでに何人もの死期が迫った患者を見てきた。観念して死んでいく者。じたばたと騒ぐ者、ひとそれぞれだ」

「はい」

「確かに、絶望して、自ら命を絶とうとした者もいた。だが、他人に殺してもらおうなどと考える患者にお目にかかったことはない」

「……」

「甃右衛門の内儀は後添いだそうだな」

「はい。まだ、二十五、六歳です」

「子どもは？」

「五歳です」

「五歳か。先妻に子どもはいなかったのだな」

「はい。子どもをとても可愛がっていたようです。それなのに、労咳に罹り、子どもと接することも叶わないとなって絶望したようです」

「会えなくても、生ある限り生きて、子どもの成長を見守るという考えは、甃右衛門にはなかったのか」

幻宗はなおもそのことを気にした。

「まあよい。くれぐれも気をつけるのだ。依頼人の名も知らない上に、仲介の一幸堂風斎が亡くなった。仕事をやめて逃げることも出来るのに、それをしない。依頼人との約束を重んじている。義理を知っている。生半可な相手ではないだろう。心して、ことに当たるように」

「はい。では、行ってきます」

新吾は一礼して立ち上がった。


半刻（一時間）後、新吾は伊根吉と米次とともに料理屋『生駒《いこま》家』の門を見通せる路地の暗がりに身を潜めていた。

すでに翫右衛門は『生駒家』の座敷に上がり、寄合に加わっている。

「周辺を見回ってきたが、不審な人影はない」

伊根吉が門を見つめながら言う。

「奴はまだ狙っているんでしょうか。一度失敗しているんです。危険を冒すより、このまま逃げてしまっても誰からも苦情はこないんですぜ」

米次は疑問を口にした。

「いや。殺しを専門にしている奴だ。信用が大事だ。必ずやる」

伊根吉は言い切った。

「一幸堂風斎殺しの下手人はまだわからないのですね」

新吾は口をはさんだ。

「まだだ。だが、辻強盗ではないことははっきりした。風斎と知って襲ったのだろう。そこで、あることがわかった。風斎には気に入った女がいたそうだ」

「女？」

「後家だ。半年前に、亭主が死んだ」

「病気ですか」

「まだ三十そこそこだ。事故だ。材木が倒れて下敷きになった」

「親分」

米次は声を上げた。

「どうやら終わったようだな」

駕籠が続々と料理屋の前に集まっていた。

やがて、寄合を終えた旦那衆が出てきた。女将《おかみ》や女中に見送られて順次、駕籠に乗って行く。

五人目に甚右衛門が出てきた。駕籠に乗り込む前に、こっちを見た。暗がりだから見えないはずだ。

甀右衛門を乗せた駕籠がゆっくり動きだした。どこからか浪人者が現われ、駕籠に寄り添った。

「あの浪人者は？」

新吾が確かめる。

「用心棒です。岩佐十兵衛《いわさじゅうべえ》という浪人です」

まさかと思うが、新吾はあのときの殺し屋との背格好を比べた。似ているようだが、十兵衛のほうが肩幅が広い。

「何か」

米次が確かめる。

「岩佐十兵衛どのにはどういう伝《つて》で護衛を依頼するようになったのかわかりますか」

「あの浪人者に何か疑いでも？」

「念のためです」

「甀右衛門さんが口入れ屋から世話をしてもらったそうです」

「そうですか」

駕籠は表通りに出て永代橋に向かった。不審な人間があとをつけている様子はなかった。だが、どこかで待ち伏せているかもしれない。永代橋を渡る。すれ違いの通行人にも注意を払う。万が一の襲撃にも十兵衛がついているから甑右衛門の身に危険が及ぶことはあるまい。あくまで殺し屋を捕まえることがこっちの役割だ。

永代橋を渡り、東堀留川《ひがしほりどめ》を通って馬喰町の『美濃屋』に無事に到着した。変わったことは何もなかった。

甑右衛門は家の中に消え、駕籠は去り、浪人も引き上げて行った。

「現われなかったな」

同心の笹本康平が近づいてきた。

殺し屋らしい男の影はどこにもなかった。はじめから、今夜は襲う気がなかったのではないか。出がけに、用心棒を見て、襲撃を諦めたのかもしれない。

「用心棒がついているから襲うことが出来なかったのではないでしょうか」

伊根吉が応じ、「旦那。殺し屋を誘《おび》き出すためにも用心棒抜きで外出してもらったほうがいいんじゃないですかえ」

「うむ。このままじゃ殺し屋を捕まえられぬ」

笹本康平もその気になっていた。

「笹本さま、伊根吉親分。私はこれで引き上げさせていただきます」

「ご苦労だった。また、翫右衛門が外出するとき、手を貸してもらいたい」

「わかりました」

米次にも挨拶をして、新吾は帰途についた。

帰宅すると、義父が出てきて、「お客人がお待ちだ。どうしてもというので、そなたの部屋に上げた。もう一刻（二時間）近く待っている」

「誰でしょう?」

「長吉《ちょうきち》と名乗っている。そなたとは幻宗先生のところでいっしょだったと言っている」

「幻宗先生のところで? 長吉……。まさか」

新吾は部屋に急いだ。

襖《ふすま》を開けると、武士が待っていた。男が振り向いた。新吾はあっと声を上げた。

# 第三章　目撃

一

新吾は信じられぬ思いで、高野長英を見つめた。

「遅かったな。何をしていたんだ？」

長英は待ちくたびれたように言う。

「翫右衛門さんを狙う殺し屋を捕らえるためです」

新吾は経緯《けいい》を話した。

「それより、どうしたんですか。きょう、幻宗先生のところに行ったら、高野さんはきのう出て行ったというではありませんか」

「そうだ。あのままいたら、幻宗先生に迷惑がかかるからな。間宮林蔵の背後に、漢方医がいるような気がしてならないんだ。この機に乗じて、幻宗先生を叩こうとしているのではないかと……」

本所回向院《えこういん》前に松木義丹《まつきぎたん》という御目見医師の屋敷がある。一時、本所・深川一帯の町医者は患者をとられたことで幻宗を憎み、松木義丹に泣きついた。幻宗が蘭方医ということもあって、本所・深川の漢方医がいっせいに幻宗の足を引っ張ろうと画策したことがあった。中心にいたのが松木義丹だ。

その松木義丹の屋敷に林蔵は出入りをしていた。林蔵は義丹の意を汲《く》み、幻宗の落ち度を探そうとしているのだろうか。

かねてから林蔵が目をつけていたのは幻宗の金主だ。

そのことを口にすると、長英も真顔になって、「そのことは何も間宮林蔵ではなくとも気になる。そなただって、そうだろう」

「はい。土生玄碩さまではないかと疑ったことがありますが、違いました」

「幻宗先生は松江藩の藩医を突如辞めて、深川で施療院をはじめるまでの数年間、どこで何をしていたかは不明だ」

「はい。その数年間に何があったのか……」

「藩医を辞めた理由を知っているか」

「誤診で藩主が亡くなったという噂があったそうです。でも、ためにする噂です」

「そうだろうか」

「えっ？」

「もし、それがほんとうだったとしたら」

「……」

「いや、誤診ではない。藩主が死んだことだ。藩主が病死をしたあと、誰が跡を継いだのか。当時、松江藩で世継ぎ問題が持ち上がっていたのではないか」

「高野さん、何をお考えですか」

「金主が松江藩ということも考えられる。現藩主からだ」

「まさか、幻宗先生が藩主を殺したと？」

新吾はつい声を荒らげ、「そんなことはありません。幻宗先生がそんなことをするはずありません」

「しかし、そうだとしたら説明がつくだろう。莫大な報酬を手にしたのではないか。おそらく……」

長英が言葉を切った。

「おそらく、なんですか」

「間宮林蔵はシーボルトとのつながりがないとわかれば、狙いを松江藩に向けるのではないか」

「しかし、それは松江藩にとっては一大事ではありませんか。いくらなんでも、間宮さまがそこまで出来ましょうか」

「かつて間宮林蔵は岩見国浜田藩《いわみのくにはまだ》の密貿易を摘発したことがある。幕府の隠密として、大名家の秘密を探るのはお手の物だ」

「私は幻宗先生を信じます」

藩主を病死に見せかけて殺すなど、幻宗がそのようなことをするはずはない。

「俺だってそう思う。だが、間宮林蔵はそう思って調べるはずだ。だが、いいではないか。この際、何があったのか、調べてもらえばいい。そのことから、金主につながる手掛かりが得られるかもしれない」

すぐには同意できなかった。幻宗の秘密を探ることに憚《はばか》られるものがあった。

「だが、間宮林蔵がそれを探り出すころには、俺は江戸を遠く離れて暮らしているだろうから、風の便りで知るしかない」

「どこに行くおつもりなのですか」

「南だ」

「南ですか。実家にはお帰りにならないのですか」

「実家とは縁を切った。俺は己の道を進む」

「せっかく高野さまからいろいろなことを教わりたいと思っていましたのに残念です」

「幻宗先生がいるではないか。幻宗先生からたくさん学べる。俺も医者としてやっていくのだったら幻宗先生の下で働きながら学びたかった」

「幻宗先生には手厳しい見方をしていらっしゃると思っていましたが？」

「幻宗先生は器の大きなお方だ。あのお方がその気になれば、天下の幻宗となるに違いない。だが、あのお方にはそのような欲はない。あるのは傷病人を治す、それだけだ。俺の生き方とはまったく違う。そのことを歯がゆく思う。俺とはまったく、いやふつうの人間なら当然あるはずの功名心がまったくない。あれだけの才がありながら、それを生かそうとしない。俺からみれば幻宗先生は変人奇人の類《たぐい》だ。だが、俺は一方で畏敬《いけい》の念を禁じ得ないのだ」

　幻宗への複雑な思いを吐露した。

「高野さんは蘭学者として身をお立てになるおつもりですか」

「医者であり、かつ蘭学を極めたいと思っている。俺も栄達を望みはしないが、蘭学者として上に立ちたいとは思う。この国の蘭学を引っ張っていきたい」

「高野さんから蘭学の話をもっとお聞きしとうございました」

「いや。この部屋にある書物もそこそこのものが揃っている」

「表御番医師の上島漠泉さまからいただきました」

「なるほど」

長英はにやりと笑った。

「なんですか」

「上島どのに娘御がおられよう」

一拍の間を置いて、「はい」

と、新吾は答える。

「これだけの書物をそなたに譲るのは、そなたを愛おしいと思っているからに違いない。自分の娘の婿にと、考えていたと想像出来る」

「違います。上島さまは高橋景保さまと懇意にしていたことから累が及び、表御番医師の役を解かれました。そのことで気落ちされたのです」

「だからといって、貴重な書物を赤の他人にやるまい。そなたは特別な間柄だったはず。それは娘御とのことしか考えられぬ。どうだ、上島さまには娘御がいよう?」

「はい」

「だが、何らかの事情で、娘御との仲がうまくいかなくなった。上島さまは、その詫びの印としてそなたが目を輝かせて見ていた書物をくれた。どうだ、俺の考えが間違っているか」

あまりに見事な長英の想像に、新吾は敬服するしかなかった。

「おおむね、合っています」

「正直だな」

「あまりにも見事に当てられたので……」

「種を明かせば、上島漠泉さまに娘御がいることは幻宗先生から聞いていた。それで、そなたがずいぶん落ち込んでいたことと書物の経緯を聞けば今話したような筋書きが思い浮かぶというわけだ」

「……」

新吾は深くため息をつく。

「元気だせ。おそらく、その娘御は没落した家を再興するために生きようと心に決めたのであろう。そなたでは用をなさなかったというだけだ」

反発するように口を開きかけたが、何の言葉も出なかった。

「その娘御のことが好きなら、娘御の思う通りになるよう陰で応援してやることだ。いつまでも悩んでいたら、その娘御のほうも苦しむだけだ」

香保は苦しんでいるのだろうか。

香保が親のために嫁ごうとしているなら、新吾のことを気にかけて悩み、苦しんでいるかもしれない。親のために生きていく道を選んだのだとしたら、香保にはその道で仕合わせになって欲しい。そう思った。

「高野さま。ありがとうございます」

「なんだ、いきなり」

「気持ちが晴れたような気がします」

「そうか」

長英は微笑みを浮かべた。案外と人懐こそうな笑顔だ。

「高野さんは好きな女がいたのですか」

「いた」

「そのお方とは？」

「それっきりだ。丸山《まるやま》の女だ」

「丸山の……」

丸山は江戸の吉原《よしわら》、京の島原《しまばら》と並ぶ長崎の遊廓だ。

「さては、その顔つきでは新吾は遊びに行っていないな」

「遊学の身でしたから」

「遊学だからといって関係ない。ああいうところは男を磨く場所なんだ。だから、俺はときたま塾を抜け出していた。勉学だけではだめだ。あの幻宗先生とて、かなり遊んでいるはずだ」

「そうでしょうか」

「そうだ。かなり、女で苦労していると見た。いいか、いい医者になりたいと思うなら、そなたも遊べ。吉原へは行ったか」

「いえ」

「いっしょに行こうと誘いたいが、江戸を離れる前にやっておかねばならないことがあるからな。そのために、そなたに会いに来たのだ」

長英は厳しい顔をした。

「なんですか」

「翫右衛門のことだ」

「……」

「翫右衛門がなぜ、殺し屋に自分の命を奪わせようとしたか、そのことが気になるんだ」

「自分で死ぬ勇気がなかったのではないのですか」

「では、なぜ死のうとした？」

「養生暮らしになれば、もう子どもに会えないことで……」

このようなやりとりは幻宗との間でもあった。

「会えずとも、遠くからでも子どもの成長を見届けたいとは思わぬのか」

「それはひとそれぞれかと」

「なぜ、永井秀法が誤診をしたのか」

「いろいろな悪条件が重なったのだと思います」

「たとえば？」

「たまたま風邪が長引いて咳が止まらなかった。そんなときに胃の腫れ物のせいで吐血をし、食欲がなく痩せてきたり……」

「百歩譲って、そうだとしよう。だが、その後も何度も診断の機会があった。にも拘わらず、なぜ、そのときに気づかなかったのだ？」

「思い込んでいたのでしょうか」

「そなたも、そういう条件下では誤診をしたと思うか」

「わかりません」

新吾ははっとして、「高野さんは何をしようとしているんですか」

「永井秀法の化けの皮を剥がしてやろうと思ってな」

「化けの皮？」

「秀法はわざと最悪の診断をし、そして、自分の力で完治させたと言う。そういう医者ではないのか」

「まさか」

「秀法はそこそこの腕がある。だが、名医ではない。名医の評判を得るために、そういう姑息《こそく》な手段をとっているのではないか」

「そんな真似をするとは思えません」

「そうだ。誰も秀法がそんな真似をするとは思っていない。そこが付け目だ。これまでの何人かの患者にわざと違う病名を言っていたのではないか」

長英は憤慨《ふんがい》したように、「そのせいで、甃右衛門は死を考えたんだ。秀法の名誉欲のために、ひとひとりが死ぬかもしれない事態に追い詰められている。断じて、許してはならない」

「でも、そうだとしても、それをどうやって明らかにするのですか」

「秀法の診察を受けた患者から病名を聞いてみたい。だが、秀法の患者は金持ちばかり。おいそれとは会ってくれまい。そこで、翫右衛門に引き合わせてもらうように頼みたいのだ」

「どうでしょうか」

新吾は疑問を呈した。

「もし、高野さんの見方が正しければ、患者さんは難しい病気を治してもらったということです。秀法先生さまさまと思っているはずです。そんな患者さんに、秀法先生を疑うような問いかけをしても」

「新吾。やる前からそんな悲観していてはだめだ。やってみなければ前に進めまい」

「はい」

新吾が気にしたのは、秀法の医療を疑うような問いかけをしたら、そのことは必ず秀法の耳に入るだろう。翫右衛門の引き合わせだと聞けば、秀法は幻宗の差し金だと疑うに違いない。そのことを口にすると、「そのことはうまくやる。だいじょうぶだ」

と、意に介さずに言う。

「江戸を離れる前にやっておかねばならないことというのは、永井秀法さまの本性を暴《あば》こうということですか」

「まあ、そうなるな」

「蘭方医と漢方医との争いに発展するかもしれません」

「すでに、はじまっている。間宮林蔵は公儀隠密の立場を利用して高橋景保どのを抹殺した。今度は、幻宗先生を標的にしている」

「……」

「まあ、いい。ともかく翫右衛門に引き合わせてくれ。俺は店を知らんし、そなたに付いて行ってもらったほうがことはうまく運ぶ」

長英はその気になっている。

「わかりました。では、明日にでも行ってみましょう。昼どきに、ここに来ていただけますか。ご案内します」

「助かる」

長英は大きく頷いて、「では、また明日」

と、立ち上がった。

「今、どちらに?」

「知り合いの家に厄介になっている。用心して、この格好で過ごす。ご両親に挨拶せずに引き上げるが、よろしくお伝えしてくれ」

新吾は格子戸の外まで見送った。

幻宗の施療院を去った長英がいまだに江戸にいたことに驚いたが、それ以上に永井秀法に執着していることが意外だった。

だが、長英の言葉が合っているなら、秀法のやっていることは許すべからざることだ。真相を知りたいと、新吾は思った。

二

翌日の昼前、新吾は長英とともに馬喰町一丁目にある『美濃屋』に翫右衛門を訪ねた。

応対に出てきた内儀は長英の顔を見て、「あなたは幻宗先生のところにいた高野先生……」

と、思いだして言う。

「そうです」

長英はすぐに応じ、「じつは、この度、幻宗先生の施療院をやめて、江戸を離れることになったのです。その前に、ご主人のその後の経過を診たいと思いましてね」

と、用件を告げた。

「翫右衛門さんが昼食をとるときにでも、ちょっとお会いできないでしょうか」

新吾は言う。

「ただ今、きいて参ります」

内儀が奥に引っ込んだ。

「俺のことを覚えていたようだ」

長英が小声で言う。

「命の恩人ですから覚えているのは当然です」

「そうかな」

長英は懐疑的に言う。なぜ、そんな言い方をするのだろうと、新吾は不思議だった。

内儀ではなく、女中がやってきた。

「どうぞ」

「お内儀さんは？」

「旦那さまに代わってお店に」

「そうですか。では、失礼します」

腰から刀を外し、ふたりは女中の案内で客間に通された。

待つこともなく、翫右衛門がやってきた。

「これは高野先生、その節はたいへんお世話になりました」

「すっかり元気になられたご様子。安心しました」

長英がにこやかに言う。

「高野先生のおかげです。宇津木先生にも危ういところを助けていただき、今なお、お手をお貸しくださっているようでお礼の言いようもありません」

翫右衛門は深く頭を下げた。

「早く殺し屋を捕まえ、翫右衛門さんが安心して過ごせるようにしたいと思います」

「自業自得かもしれません」

翫右衛門が自嘲ぎみに言うのを、「いや、悪いのは誤診をした永井秀法どのです」と、長英ははっきり言う。

「それはそうですが……」

「まったく、あってはならないことです。そのことで、翫右衛門さんにお訊ねしたいことがあります」

「なんでしょう」

「永井秀法どのの診察を受けているお方を教えていただけませんか」

「……」

甑右衛門は怪訝《けげん》な顔をした。

「他にも誤診がないか、確かめたいのです」

「秀法先生は立派なお医者さまです。何度も誤診をするような藪《やぶ》ではないと思います」

「確かにそうでしょう。念のためです。教えていただけませんか。出来ましたら、甑右衛門さんと親しい間柄で、秀法どのにかかっておられるお方を」

「さあ」

甑右衛門は困惑の体を示した。

「いかがでしょうか」

「さあ」

「けっして甑右衛門さんに迷惑がかかるようなことはありません。ただ、秀法どのの見立て違いが、甑右衛門さんだけだったのか確かめたいのです」

長英は執拗だった。

「甑右衛門さんは、幻宗先生の施療院の近くで倒れたから助かったのです。もし、他の場所だったら、おそらくさらに病気は悪くなっていたはずです。そのような犠牲者を出してはならないのです」

「わかりました」

翫右衛門は根負けしたように、「横山町《よこやま》にある鼻緒問屋『平野屋《ひらの》』の文左衛門《ぶんざえもん》どのだ。親の代から親しくしている」

「文左衛門どのも秀法先生の往診を受けられているのですね」

「そうです」

「これから、お訪ねしてもだいじょうぶでしょうか」

「いらっしゃるかどうかわかりませんが」

翫右衛門は戸惑い気味に答えた。

行こうと、長英は目配せをした。

「では、失礼いたします」

新吾は挨拶して立ち上がった。

「宇津木先生」

翫右衛門が声をかけた。

「明日の夕方、駿河台の旗本坂村甚右衛門《さかむらじんえもん》さまのお屋敷に呼ばれております」

「はい。坂村さまのお屋敷で障子紙の張り替えがあり、大量の美濃紙を買っていただくことになりそうです。そのご挨拶に」

「そうですか。このことは、笹本さまには？」

「急に決まりましたので、あとで伊根吉親分にお知らせします」

「わかりました。では」

新吾は改めて立ち上がった。

女中に見送られて、格子戸を開けた。

路地から通りに出たとき、新吾は射るような視線を感じ、そのほうに顔を向けた。

店先には大八車が停まっていて荷を下ろしていた。美濃紙を扱っているのだ。岐阜《ぎふ》から紙が届いたのだろうか。数人の半纏《はんてん》姿の男が荷を運んでいる。

視線の主はわからなかった。

「どうした？」

長英がきく。

「視線を感じたんです」

「視線？」

「旗本ですか」

長英も辺りを見回した。

「もう、わからぬな。気のせいではないのか」

「いえ、確かに」

強い視線だった。敵意があるように思えた。しかし、その視線は新吾だけに向けられたようだ。

「まさか、秀法の弟子がいたわけではあるまい」

長英は店先に向かった。

番頭らしい男に声をかけて、すぐ戻って来た。

「秀法に関わりのある者は来ていないそうだ。さあ、行こう」

長英は歩きはじめて、「翫右衛門はあんな目に遭いながら、なぜ、秀法の診察を受けているのだ」

「素直に過ちを認めたことも大きいのでしょうが、なにより、内儀をはじめ、子どもや店の者までが秀法先生に世話になっているのですから」

「……」

何か言うかと思ったが、長英は何も言わず、少しを間を置いてから、「俺は文左衛門に会ってくる」

と、言った。

「秀法先生のことを正直に答えるとは思いませんが」

「わかっている」

長英が含み笑いをした。

新吾はふと心がざわついた。長英は相手が問いかけに素直に答えないことを承知して会いに行こうとしているようだ。

このとき、別な狙いがあるのではないかという疑いを持った。だが、それが何かは想像もつかなかった。

「何かわかったら、また訪ねる」

「お願いします。では、私はこっちですから」

小伝馬《こでんま》町を過ぎて、まっすぐ行く長英と別れ、新吾は小舟町のほうに曲がった。

家に向かいながら、長英には何かもっと別の目的があるのではないか、そう思うようになっていた。

長英が口にした言葉を反芻《はんすう》してみる。

なぜ、永井秀法が誤診をしたのか。そのことがもっとも大きな関心事だろうが、もうひとつ、気にしていたのは甑右衛門がなぜ、殺し屋に自分の命を奪わせようとしたか、だ。労咳のために隔離され、子どもに会えないことで絶望したのではないかと言うと、長英はこう言った。

「会えずとも、遠くからでも子どもの成長を見届けたいとは思わぬのか」

しかし、文左衛門に会ったとしても、この疑問を解くことは出来ない。やはり、永井秀法がわざと誤診をしたのではないかという疑いを確かめるためか。

だが、長英も文左衛門が正直に答えるはずはないと承知していた。長英には何か秘策でもあるのか。

家に帰り、急いで昼食をとり、順庵と診療を代わった。

夕方になり、その日の診療を終えた。

順庵の姿が見えなかった。

「義父上は?」

義母にきいた。

「吉野良範さまのところです」

神田佐久間町にある表御番医師の吉野良範の屋敷に行ったようだ。

何しに行ったのか想像がついて、新吾は気を重くした。おそらく、順庵は吉野良範の娘お園と顔合わせをする約束をしてくるに違いない。

夕餉の支度が出来るまで部屋で書物を読んでいると、順庵が帰って来た。そのまま、新吾の部屋にやって来た。

「入るぞ」

順庵の声がして、襖が開いた。

新吾は文机の前から離れ、順庵を迎えた。

「お帰りなさい」

「うむ。新吾、きょう、吉野良範さまに呼ばれて行ってきた」

「はい」

「お園どのにお会いする日が決まった。明後日だ」

「……」

「新吾。もう、お断わりは出来ぬぞ」

「わかっております」

断われば、順庵の面目がつぶれる。

それに、長英に言われたように、香保のためにも香保のことを忘れなければならないのだ。新吾が他の女と親しくなることで、香保の負担が軽くなるならそうしてやろう。新吾はそう思うようになっていた。

お園と会えば、坂道を転げ落ちるように縁組の話まで行ってしまうような気がする。だが、新吾は幻宗のような医者になるという気持ちに変わりはない。

「先方は」

と、新吾は切り出す。

「私が栄達を望まないことをご存じでしょうか。富や名声になんら興味がないことをわかっていただいているのですね」

「まあ、それとなく話してある。幻宗のところに一日おきに通っていることもな」

「そうですか。わかりました」

「では、明後日だ」

順庵はうれしそうに立ち上がり、「そろそろ夕餉の支度が出来る」

と言い、部屋を出て行った。

夕餉のあと、来客があった。

岡っ引きの伊根吉と米次だった。部屋に上げようとしたが、すぐ済むからと言い、伊根吉は上がり框に腰を下ろして、「お聞き及びと思いますが、明日の夕方、翫右衛門が駿河台《するがだい》まで出かけます」

「はい。聞いております。暇を作り、ぜひ私も……」

「そのことですが、我々だけでなんとかなりそうなので」

「どういうことですか」

「じつは、殺し屋のことが少しわかってきたんです」

「何かわかったのですか」

「一幸堂風斎のところに何度か易を見てもらいにきた男が近くの水茶屋の女のところにも通っていたんです。その男は宇津木先生が見た賊と背格好が似ていた」

「……」

「水茶屋の女が言うには、男は源次《げんじ》と名乗っていた。かなり、金回りがよかったそうだ。ただ、眉毛が濃く、切れ長の目で、鋭い顔立ちらしい。見た目は悪くないが、なんとなく薄気味悪い感じだったという。歳は三十ぐらい」

伊根吉は息継ぎをして続けた。

「薄気味悪いと感じたのは、源次に血の匂いがしたからかもしれない。住まいはわからねえが、富ヶ岡八幡からそんな遠く離れていないはずだ。これから、源次の住まいを捜してみますが、宇津木先生もお暇がありましたら、あの辺りを歩き回っちゃくれませんかえ。ひょんなことから、源次に出くわすかもしれねえ」

「わかりました。私も捜してみます」

「じゃあ、あっしらはこれで」

「あっ、待ってください」

新吾は呼び止めた。

「一幸堂風斎に気に入った女がいたそうですね。半年前に亭主が死んだ後家だとか」

先日、この話を途中まで聞いただけだった。

「亭主は、材木が倒れて下敷きになったということですね」

「そうです。荒物《あらもの》屋の亭主で幸次郎《こうじろう》が材木の下敷きになって死んでいた。当時は事故として始末されましたが、風斎と源次の関わり合いから、幸次郎殺しは源次の仕業ではないかと思われてきました。床下に隠してあった台帳にこの亭主の名が記されてなかったのは風斎が依頼されたわけではないからでしょう」

「風斎自身が命じたということですね」

「笹本の旦那もそう見ています」

「すると、風斎を殺したのは幸次郎に近しい人間か……」

「おそらく、それに間違いないと思います。その辺りを調べています。明日は、どうか無理なさらないように」

「わかりました。もし、何かありましたら、いつでも仰ってください」

「では」

伊根吉は立ち上がった。

米次が何か言いたそうにこっちを見ていた。

ふたりが出て行ったあと、翫右衛門の護衛に行くつもりだったので、なんとなく梯子を外されたような気がした。

いきなり、格子戸が開いた。米次が戻って来たのだ。

「新吾さん。じつは笹本の旦那が、ひとの手を借りるなと言ってきたんです。源次のことがわかったのだから、我々だけでいいと」

「そういうわけでしたか」

「じゃあ、あっしは」

「わざわざ知らせに来てくれたんですか。伊根吉親分は？」

「小便がしたいって言って、引き返してきたんです。すぐ、親分のあとを追いかけます」

そう言い、米次は引き上げて行った。

翌日、新吾は幻宗の施療院に出た。

診療の始まりまで間があった。新吾は幻宗のそばに行った。

「よろしいでしょうか」

「うむ」

幻宗はいつもの気難しい顔を向けた。

「一昨日の夜、長英さんが私の家に訪ねてきました」

「長英が？」

幻宗は意外そうな顔をした。

「はい。永井秀法さまの誤診について調べたいと仰ってました」

「そうか」

幻宗は首をかしげた。

「何か」

新吾は訝ってきく。

「いや、なんでもない。あの男は自分が診た患者のことは最後まで面倒をみようとしているのだ」

「……」

それが誤診のこととどういう関係にあるのか、新吾が問いかける前に幻宗が言う。

「いずれ、そなたに何か言ってこよう。それまで好きにさせておけ」

幻宗は長英の動きをすべて見透しているかのように言う。

「さあ、支度をしろ。患者が待っている」

「はい」

新吾は幻宗の前から下がった。

三

最初の患者がやって来た。はにかみながら年寄りがやって来た。鋳掛け屋の為三《ためぞう》だ。

新吾の前に、へつらうような笑みを浮かべながら腰を下ろした。

「どうしました？」

風邪をこじらせて通っていたが、先日完治している。

「すみません」

為三がいきなり頭を下げた。

「なんですか」

「もう、どこも悪くねえんで」

「悪くないのに、どうしてここに？」

「先生とお話がしたくてね」

「そうですか。でも、念のために診ましょうか」

「いえ、結構で」

為三は手を顔の前で振った。

「それより先生、あっしは見ちまったんですよ」

「見た？　何をですか」

「大道易者の一幸堂を殺した浪人者です」

新吾は真顔になって、「どういうことですか。詳しく話してくれますか」

「へえ、いいですよ」

為三はうれしそうに、「あの日、あっしは本郷《ほんごう》まで行って帰りが遅くなったんです。新大橋を渡って、万年橋を差しかかったとき、川岸のほうにふたつの影が見えました。そのうち、いきなり悲鳴が聞こえ、びっくりしていると浪人者が駆けて来ました。浪人者はあっしに気づくと、いきなり刀を目の前に突き出して、誰にも言うな、言ったら殺すと威《おど》して、そのまま走って行きました。あっしは怖くなってそのまま長屋に帰って酒を呑んで寝てしまいました。数日後に、あそこで一幸堂の死体が見つかったんです」

「浪人者の顔を見たのですか」

「みましたとも。髭面《ひげづら》で、大きな目をした侍でした」

「そのことを伊根吉親分には？」

「いえ、話してません。仕返しが怖くて言えなかった」

「そうですか。でも、よく、勇気を出しましたね。あとで、伊根吉親分に言いましょう」

「いえ」

「どうしました？」

「どうせ、あっしの言うことなんて信じちゃもらえませんよ」

「どうしてですか」

「さあ、どうしてですかねえ」

「では、私から話しておきます」

「でも、あっしからとは言わないでくださいな」

「どうしてですか」

「どうしても」

為三は気弱そうな目をした。

「わかりました。私から話しておきます。もう一度、浪人者の特徴を教えてください。髭面で、大きな目をした侍だそうですが、背格好は?」

「先生、やっぱり岡っ引きに言うのは拙《まず》い」

「どうしてですか」

「あっしが告げ口したとわかったら、浪人者に殺されてしまう」

「そのことはうまくやってくれるはずです」

「先生。岡っ引きに言うのをやめましょうよ」

「どうしてですか。殺した人間をこのまま野放しにしてはいけません」

「でも……」

「だいじょうぶです」

「へえ」

為三はさっきまでの元気をなくしていた。

「どうしました?」

「なんだか、急に背筋が寒くなって」

為三は逃げるように引き上げた。

追いかけたかったが、次の患者が控えていた。

昼餉の時間になって、新吾は施療院を出て、小名木川にかかる高橋を渡った。川筋に沿って海辺大工町があるが、目指す長屋は左手だ。

為三の住む長屋に行き、赤子を背負った女に為三の住まいを訊ねる。

「一番奥ですよ」

赤ん坊をあやしながら言う。

「ありがとう」

礼を言い、奥に向かったが、やはり為三は留守だった。しばらく待ったが、帰って来る気配はなかった。仕事に行ったのだろう。

新吾は諦めて引き上げた。

高橋を渡っていると、伊根吉と米次がやって来るのに出会った。

「親分」

「新吾さん。さっそく源次の探索ですかえ」

米次がきいた。

「すみません。違うんです。海辺大工町に住む為三というひとのところです」

為三から聞いた話を断わりなく話していいものか悩んでいると、「鋳掛け屋の為三ですね」

と、伊根吉がきいた。

「ご存じですか」

「ええ、ほら吹き為三はちょっとした有名人ですからね」

「ほら吹き？」

「ほらというより、ほとんど嘘なんですがね。ちょっとしたことを大げさに話したり、作り話をしたりですよ」

「……」

「あの男、若い頃は何をしていたか、ご存じですかえ」

「いえ」

「本人の弁では、町火消しだったそうです。纏《まとい》持ち。ですが、別の人間には、大店の道楽息子で勘当されたと話し、また別の人間には……、よしましょう。ともかく、これまでにも、殺しの現場を見たとか、辻斬りに追いかけられたとか、周囲の連中が振り回されている。そんな男です」

「そうなんですか」

新吾は戸惑いを隠せず、「なぜ、そんな嘘をつくのでしょうか」

と、不思議に思い口にした。他人を困らせてやろうとしているわけではないように思える。

「相手をしてもらいたいんですよ」

「相手を？」

「ええ、話し相手が欲しいんです。そのために、相手の気を引こうと、ありもしないことを言うんです」

伊根吉はふと気づいたように、「ひょっとして宇津木先生の患者になっているんじゃありませんか」

と、口許を歪めた。

「はい」

「そうでしょうね。話し相手になってもらいたいからです。どうですか。思い当たる節があるんじゃありませんか」

「いえ。ほんとうに風邪をこじらせてやって来ていました」

「そうですか。でも、まともに相手をしちゃいけませんぜ。じゃあ」

と、伊根吉と米次はすれ違って行った。

ほら吹き為三……。為三が一幸堂風斎を斬った浪人者を見たというのは嘘だったのだろうか。

伊根吉親分に話すというとあわてて尻込みをしたのは嘘だったからか。新吾は憤然としながら施療院に戻った。

その日の診療を終えて、新吾は濡縁で湯呑みの酒を呑みはじめた幻宗のそばに行った。

「先生、ちょっとよろしいでしょうか」

「うむ」

幻宗は湯呑みを脇に置いた。

「鋳掛け屋の為三さんのことなんですが、きょうまたやって来ました」

幻宗は診療経過を書き記した帳面に目を通しているので、すべての患者のことが頭に入っている。

「風邪は治り、どこも悪くないそうですが、話し相手が欲しくてやって来たようでした」

話し相手が欲しいという患者はかなりいる。年寄りや心の弱った者だ。そういうひとたちも、幻宗は疎かにしない。

「為三さんが、浪人者が一幸堂風斎を殺したのを見たと言い出したのです。伊根吉親分に知らせたほうがいいというと、急に尻込みをしました……」

そのときの様子を話して、「為三さんの長屋からの帰り、伊根吉親分とばったり会いました。伊根吉親分は為三さんのことを、ほら吹き為三と呼んでいるんです」

「……」

「さんざん、ほらを吹いては周囲が振り回されているそうです。そういう話を聞いたあとでは、為三さんの言うことが信じられなくなってしまいました。でも、このまま捨てておいていいものなのか。先生のお考えをお聞かせくださいませぬか」

「ほら吹きの噂を聞くまでは、為三の言うことを信じていたのだな」

「はい」

「いつも言うように、まず自分の目で見、自分の耳で聞いたことを信じよ。仮に、為三が嘘をついていたとしても、それを見抜けなかった己の責任だ」

「わかりました。目が開けた思いです。ありがとうございました」

幻宗は黙って頷き、再び湯呑みを口に持っていった。

新吾は会釈して、その場を離れ、施療院をあとにした。

暗くなっていた。暮六つ（午後六時）の鐘が鳴りはじめている。

夜道を為三の長屋まで急いだ。

海辺大工町の長屋にやって来た。路地を急ぎ、為三の住まいの前に立ったが、中は暗かった。

腰高障子を開けたが、やはり留守だった。

隣の戸が開いて女が顔を出した。昼間、赤子を背負っていた女だった。

「あら、あなたは」

「昼間、訪ねた者です。為三さんはまだ留守なのですが、いつも何刻《なんどき》ごろに帰るかわかりませんか」

「たぶん、『一番屋《いちばんや》』っていう居酒屋でお酒でも呑んでいるんじゃないかしら。為三さん、酒好きだから」

「『一番屋』はどこにあるのですか」

「高橋の袂です」

そういえば、呑み屋があったと思いだした。

「ありがとうございます。行ってみます」

新吾は長屋を出て、『一番屋』に向かった。仕事帰りの職人の姿が何人も目に入る。橋の袂に、『一番屋』の提灯の明かりが見えた。日傭取りらしいたくましい体つきの男が暖簾をくぐって行く。

新吾も続いて店に入る。狭い店内は客でいっぱいだった。先に入った日傭取りらしい男は仲間のところにいた。

為三の顔は見えなかった。やって来た手伝いの女にきいたが、為三はきょうは来ていないと言った。

新吾は外に出た。どこに行ったのか。念のために、長屋に戻ってみたが、まだ帰っていない。

再び『一番屋』に行き、中を覗いてから店の前で待った。四半刻（三十分）経っても現われる気配がなく、新吾は諦めてその場から離れた。

海辺大工町の町筋を抜けて万年橋南詰にやって来たとき、橋を渡ってくる為三に出会った。空手なので、おやっと思った。

「為三さん」

「やっ、宇津木先生じゃありませんか」

為三が目を見張った。

「長屋まで会いに行ったんです」

「そうですか。すみません」

「どこに行っていたんですか。仕事ではないようですが」

「へえ、ちょっと」

「為三さん。昼間の話」

為三の体がぴくりとした。

「何のことでしたっけ」

「一幸堂風斎を殺した浪人者を見たという……」

「あっしは知らねえ。何も見ちゃいねえ。すまねえ」

為三は新吾の脇をすり抜けた。

「待ってください」

新吾は呼び止める。

「為三さん、どうなさったのですか」

「なんでもねえ」

為三は明らかに震えている。

「為三さん。何かあったんですね」

「そうじゃねえ。すまねえ。急ぐんだ」

為三は駆けだした。

追いかけても無駄だと思い、腑に落ちないまま、新吾は永代橋のほうに向かった。

昼間の話が嘘だと見抜かれたと思い、ばつが悪くなって逃げたのか。しかし、新吾が嘘を見抜いたことをわかるはずはない。

何か別の理由がありそうだ。空手だったのはいったん仕事から戻り、改めてどこかに出かけたのかもしれない。

殺しの現場を見たことを否定するようなことを言っていたが、なぜ、今になってあんなことを言い出したのか。

あれこれ考えながら、永代橋を渡り、小網町《こあみちょう》の家に帰ると、義母が出てきて、長英が来ていると言った。

部屋に入ると、長英はいなかった。

が、すぐ襖の外で長英の声がした。

「入るぞ」

長英が入って来た。

「順庵どのとお話をしていた」

「うむ。そなたのことだ。明日、お園という娘と会うそうだな」

「そんな話を」

新吾はむっとした。

「怒るな。俺がききだしたんだ」

長英は涼しい顔で言い、「それより、文左衛門に会って来た」

と、切り出した。

「文左衛門も永井秀法にかかっているようだが、喘息《ぜんそく》らしい。俺もちょっと診たが、喘息で間違いないようだった」

「では、高野さんが考えた嘘の診断をしたという……」

「そんなことははじめから考えてはいない」

「えっ。だって、高野さんは……」

新吾はあとの言葉を呑んだ。

「高野さんは何か別の狙いがあって？」

「じつは、そうだ」

長英はあっさり認めた。

「義父上と？」

「翫右衛門のことを聞いてきた」

「翫右衛門さんの何を？」

「いろいろだ。文左衛門は翫右衛門とは親しいからちょうどよかった。秀法のことをだしにしないと、文左衛門に翫右衛門のことを教えてもらえそうもないからな」

「……」

「そんな顔をするな」

「何のために？」

「翫右衛門がなぜ、殺し屋に自分の命を狙わせたのか。そのわけを知りたいのだ。まあ、待て」

長英は新吾を制して、「子どもに会えないことを悲観して死のうとしたことが解《げ》せない。前も言ったように、親としたら子どもの成長を命がつきるまで見守るという生き方があるのではないか。仮に、生きていくことに絶望したなら、自分で命を絶てばいい。なぜ、それをしなかったのか」

長英は間を置いて、「自分で死ぬことが怖かったからか。しかし、いつ襲われるかわからない日々を過ごすほうが恐ろしいではないか」

「では、翫右衛門さんが殺し屋に狙われているというのは嘘だと？」

「うむ」

長英は考え込んだ。

「高野さんはどう思っているのですか」

「わからん」

「わからない？」

「そなた、甑右衛門が襲われたとき、助けに入ったな。殺し屋はほんとうに甑右衛門を殺そうとしていたのか」

「えっ？　どういうことですか」

「念のためにきいているだけだ」

「確かに、殺そうとしていました。高野さんは芝居《しばい》だとお考えですか」

「なぜ、殺し屋は駕籠かきの目の前で殺そうとしたのか。自分の姿を見られるではないか。いくら顔を頬かぶりで隠しても、体つきは覚えられる」

「しかし、同じような体つきの男はいくらでもいるでしょう」

「うむ」

また、長英は考え込んだ。

「文左衛門さんから甑右衛門さんのなにをききだしてきたのですか」

「翫右衛門は先妻を七年前に亡くし、五年前にいまの内儀のおたきを後添えにもらっている。おたきが二十歳のときだ。柳橋《やなぎばし》の船宿で女中をしていたのを見初《みそ》めたそうだ」

「先妻との間には子どもがいなかったそうですね」

「そうだ。だから、おたきに子どもが出来たときにはたいへんな喜びようだったそうだ」

「子どもが出来ないときは、跡継ぎに養子をもらうつもりだったのですか」

「文左衛門の話では、翫右衛門の妹の子どもを養子にして店を継がせる話が出ていたらしい。妹は芝のほうの古着屋に嫁ぎ、男の子がふたりいるそうだ。次男の彦次郎《ひこじろう》を養子にということだった。ところが、おたきに子が出来て、その養子話がなくなった」

長英は意味ありげに口許を歪め、「養子になることになっていた彦次郎にとっちゃ、面白くないだろう」

「彦次郎が何か絡んでいると？」

「わからん。だが、絡んでいてもおかしくない。そうは思わぬか」

「しかし」

何か反論しようとしたが、次の言葉が出なかった。

「まあ、もう少し、調べてみるつもりだ」

「高野さんの狙いは、永井秀法さまではなく翫右衛門さんなのですね」

厳しい顔のまま一拍の間を置いて、「翫右衛門は労咳を言い渡され、絶望の淵《ふち》に沈んだのだ。そのとき、殺し屋に自分の命を狙わせたか、あるいは別の人間を……」

と、長英はとんでもないことを言う。

翫右衛門が別の人間を殺させようとしたと考えているのか。自分は死ぬ。だったら、この人間も道連れにと殺しを依頼した。

だが、誤診だとわかり、あわててあのような作り話をした。そう考えたのではないか。

「別の人間とは誰ですか」

「自分がいなくなったあと、『美濃屋』に害をなす人間と言ったら……」

「彦次郎だと？」

「そういう考えも出来るということだ」

「なぜ、高野さんはこのことに深入りをするのですか」

「医者として大事な問題を含んでいるからだ」

「大事な問題？」

「そうだ。死を言い渡された患者が何をするかだ。翫右衛門の言うように自ら死を選ぶか。それも殺し屋を使って。あるいは、誰かを道連れにしようとするか。どういう選択をするのか関心がある」

「私は幻宗先生のところで何人かのひとの死を見てきました。皆さん、それぞれ、いろいろな形で死を受け入れていました」

「翫右衛門の場合は特別かもしれない。だが、翫右衛門と同じように考える人間が再び出てくることは十分に考えられる」

「翫右衛門さんは、殺し屋から身を守るために用心棒を雇っています」

「それがどこまで信用出来るか。それに、俺がもっとも気になっているのは一幸堂風斎が殺されたことだ」

「……」

「誰が何のために殺したのか」

「誰だと考えているのですか」

「いいか。翫右衛門の労咳が誤診だったとわかってから、すべてがはじまっているのだ。このことをもっと深く考える必要がある」

「風斎が殺されたのは、瓢右衛門の誤診と関わりがあると?」

「そう考えるべきだろう」

為三の言葉が脳裏を掠《かす》めた。為三は嘘をついているのか、ほんとうのことを言っているのか。

「また、長居をしてしまった。そろそろ、引き上げる」

「まだ、調べるつもりですか」

「もちろんだ。瓢右衛門と殺し屋の関わりが納得出来るまで調べる。じゃあ、また何かわかったら来る」

長英を見送りがてら外に出る。

星が輝いている。

「どこにいるのですか」

「近くだ」

堀留《ほりどめ》町のほうに向かいながら、長英が答える。

「俺がつまんないことにかかずらっていると思っているのだろう」

「いえ」

「俺には瓢右衛門の命を助けたという自負がある。だから、そのことで何かが起こったとしたら、俺にも責任の一端がある。もし、甑右衛門が助からなかったら、一幸堂風斎が殺されるようなことはなかったかもしれない。そう考えると、胸が苦しくなるのだ」

「目の前の患者の療治に専念する。それだけだと、幻宗先生は仰っていました。それがどんな極悪人であろうと関係ないと」

「わかる。だが、もし、甑右衛門を助けたことで風斎が死ぬことになったとしたら……。もちろん、俺には関わりないことだが、事実をはっきりさせておきたいのだ」

長英が立ち止まった。

「もういい」

「そうですか。では、夜道をお気をつけて」

新吾は長英と別れた。おそらく、どこかの蘭方医の家に厄介になっているのだろう。

長英が暗がりに消えてから、新吾は引き返した。

ふと、甑右衛門のほうはどうなっただろうかと気になった。夕方から、駿河台の旗本屋敷に招かれているのだ。

殺し屋が現われたかどうか気になり、新吾は馬喰町の『美濃屋』まで走った。

『美濃屋』に近づいたとき、数人の男が歩いて来るのに出会った。

「宇津木さんじゃありませんか」

伊根吉が声をかけてきた。笹本康平と米次もいた。

「どうも」

挨拶してから、「どうでしたか」

と、新吾はきいた。

「現われなかった」

「殺し屋は現われなかったんですか」

伊根吉が答える。

「そうだ」

「用心したのでしょうか」

「そうかもしれねえが、なんとなく腑《ふ》に落ちねえ」

「どういうことですか」

「ほんとうに殺し屋がいるのかと言うことだ」

笹本康平が言う。

「と、仰いますと？」

「今夜は用心棒も少し離れてつけさせた。だが、殺し屋が現われる気配はなかった。

この前といい、きょうといい、殺し屋の気配さえないのだ」

ふと、長英の言葉が蘇る。

甑右衛門は労咳を言い渡され、絶望の淵に沈んだのだ。そのとき、殺し屋に自分の命を狙わせたか、あるいは別の人間を……。

甑右衛門が自分に殺し屋を差し向けることに、長英は疑いを持っていた。それを裏付けるように、前回も今回も殺し屋は現われなかった。

「そなたに訊ねたい。甑右衛門が襲われたとき、賊はほんとうに甑右衛門を殺そうとしたのか」

笹本康平は長英と同じ疑問を口にした。

「はい。本気でした」

「だが、そなたは離れた場所から駆けつけたのだ。そのように思い込んでいたのではないのか」

「いえ。でも、どうしてそのようなことを？」

「自分で自分を殺すように殺し屋に依頼したってことが、旦那は納得出来ないんだ」

伊根吉が口を入れた。

やはり、そのことには誰もが引っかかるようだ。

「笹本さまは、どのようにお考えなのですか」

「一幸堂風斎が殺された件との関わりを調べる必要がありそうだ」

「どんな関わりでしょうか」

長英は、風斎殺しは翫右衛門の誤診と関わりがあるのではないかと言っていた。しかし、それ以上のことは言わなかった。

「風斎と翫右衛門の間に何か確執がなかったか」

「まさか、翫右衛門さんが風斎さんを……」

「風斎に殺しを依頼したというのは、翫右衛門の話だけだ。ふたりの間に何かあった。それで、翫右衛門が直《じか》に殺し屋に風斎殺しを依頼し、さらに自分を襲わせて疑いを逸らそうとした。そういう考えも出来る」

「殺し屋は翫右衛門殺しから手を引いたとは考えられませんか。用心棒を雇い、町奉行所の目もある。仲介人の風斎さんもいない。だったら、あえて危険を冒す必要もない。そう考えても不思議ではありません」

「確かに、そういう考えは出来る。だが、殺し屋が失敗したまま、諦めるだろうか。何人も殺しを引き受けて、見事に責任を果たしている。そんな男がたった一度の失敗に懲りて、諦めるとは思えぬ。手を引くなら、風斎が死んだ時点でそうしたはずだ」

「……」

新吾に明確に反論する証はなかった。

「いずれにしろ、今後の警護はいらぬだろう」

笹本康平は甃右衛門を疑いはじめている。長英も同じだ。何かが狂いはじめている。

そんな気がして、去って行く三人を見送っていた。

四

翌日の朝、新吾は『美濃屋』に甃右衛門を訪ねた。

客間で、甃右衛門と差し向かいになるなり、「ゆうべ、殺し屋は現われなかったそうですね」

と、切り出した。

「そうです。諦めてくれたのならいいのですが」

甃右衛門は焦燥《しょうそう》感に包まれた表情で言う。

「甃右衛門さん。失礼なことを口にすることをお許しください」

「なんでしょう」

「一幸堂風斎さんと何かもめたことはありませんか。たとえば、お金のこととか」

「いえ、ありません。私は風斎さんの言いなりにお金を支払いました」

「風斎さんを、どうして信用したのですか。風斎さんがいかさま師だとは思わなかったのですか」

「最初はそう思いました。でも、話を聞いているうちに信じるようになりました。あのお方にはひとを信じ込ませる何かがあります」

「そうですか」

甀右衛門が嘘をついているようには思えない。

「風斎さんはなぜ、殺されたのだと思いますか」

「わかりません」

「何の心当たりもありませんか」

「ありません」

「もし、風斎さんが生きていたら、殺しの依頼を破棄出来たわけですね。風斎さんが死んだから甀右衛門さんが襲われたとも言えますね」

「……」

「襲ってきた賊はほんとうに甀右衛門さんを殺そうとしたのですか」

「もちろんです。宇津木先生が助けてくださらなければ、私は間違いなく殺されていました」

「翫右衛門さんは、賊に何か言いましたか」

「依頼人は私だと。もう、依頼を取り下げると」

「そう言ったのですか」

「言いました。でも、相手には聞き入れられなかったようです」

「でも、その言葉が耳に残っていて、それからの襲撃を中止したとも考えられますね」

「そうでしょうか。そうならいいのですが」

「翫右衛門さんが風斎さんに殺しを依頼したことを、どなたかに話したことはありませんか」

「いえ、誰にも」

「そのことを知っているのは翫右衛門さんだけなのですね」

「そうです」

「翫右衛門さんは、今のお内儀さんにお子が授かる前までは、芝の古着屋に嫁いだ妹の子の彦次郎さんを養子にして店を継がせるつもりだったそうですね」

「どうして、それを？」

甑右衛門は顔を強張《こわば》らせた。

「すみません。高野さんが文左衛門さんから聞いたそうです」

「そうですか」

甑右衛門はため息をつき、「そのとおりです。おたきが男の子を産んだために、彦次郎の話はなくなりました」

「彦次郎さんはその気になっていたのではありませんか」

「そうでしょうね」

「そのことのわだかまりはなかったのでしょうか」

「さあ、ないと言えば嘘になりますか。でも、五年前はまだ、彦次郎は十五、六歳でしたからね」

「今、彦次郎さんはどうなさっているのですか」

「実家の古着屋で働いています」

子どもが出来たとたん養子の話を覆《くつがえ》した甑右衛門を、彦次郎が恨んでいたことは十分に考えられる。

しかし、彦次郎が今回の件に絡んでいるのかどうかはわからなかった。長英は、甑右衛門がいなくなったあと、彦次郎は『美濃屋』に害をなすかもしれないと考えていた。だから、甑右衛門が風斎に依頼した殺しの相手は自分自身ではなく彦次郎ではないかと言う。

「彦次郎さんが、将来、お店に害をなすような恐れはないのでしょうか」

「そんなことはありません」

そう言ってから、甑右衛門は不審そうな顔になって、「いったい、何をお考えなのですか」

と、きいた。

「ええ」

新吾は戸惑ったが、思い切って口にした。

「私が気になったのは、風斎さんの死なのです。風斎さんが生きていれば、殺しの破棄を言い渡せた。でも、殺されたために、甑右衛門さんは苦労しているのですよね」

「そうですが」

「甑右衛門さんを恨んでいる人間はいませんか」

「……」

「甑右衛門さんが、殺し屋に自分を殺させようとしたことを知っている人間は、甑右衛門さんが殺されるのを黙って待っていればよかった。ところが、労咳は誤診だとわかり、殺し屋に自分を殺させる理由はなくなった。だから、依頼の取り消しを告げる前に、風斎さんを殺した」

「いや、それは考えられません」

甂右衛門はきっぱりと否定した。

「私が風斎に依頼したことを知っている人間はいません」

「甂右衛門さんが気づかないだけということはあり得ませんか」

「あり得ません。風斎さんが殺されたのはまったくの偶然です。運命のいたずらとしかいいようがありません」

「風斎さんに殺しの依頼をしたとき」

と、新吾は切り出す。

「事故死に見せかけるなどの条件をつけなかったのですか」

「いや、別に」

微かに、甂右衛門の目が泳いだような気がした。

「そろそろ、店に出なければならない」

「失礼しました」

「宇津木先生」

　甑右衛門は鋭い目をくれた。

「笹本さまや伊根吉親分はどう見ているのですか」

「殺し屋のことを疑っています」

「疑う？」

「はい。殺し屋は甑右衛門さんを殺すつもりはないのではないかと」

「……」

「風斎さんと甑右衛門さんの間で何か確執があり、甑右衛門さんが直に殺し屋に風斎殺しを依頼し、さらに自分を襲わせて疑いを逸らそうとした。本気でそう思っているわけではないようですが、そういう考えも出来ると言ってました」

「そうですか。宇津木先生はどのようにお考えですか」

「私は、殺し屋が手を引いたと考えています。用心棒を雇い、町奉行所の目もある。仲介人の風斎さんもいない。だから、あえて危険を冒す必要もないと、殺し屋は考えても不思議ではありませんから」

　甑右衛門がわざわざ新吾に会ったのも、町奉行所の人間がどう見ているのか探りを入れたかったからかもしれない。

「それでは失礼します」

新吾は立ち上がった。

家に帰ると、順庵とふたりの弟子は往診に出ていた。

新吾は療治部屋に入り、来診にそなえた。

ここの患者は幻宗の施療院と違い、薬礼をとるので、金のない人間は来ない。新吾は貧しい患者からは金をとらないようにしているが、まだまだそういう患者は少ない。

もっとも貧しい患者が増えて金をとらなければ、金持ちの患者からより多く薬礼をとらないと医院としてやっていけない。

貧しい患者から金をとらないということが、いかにたいへんなことか実感している。

それゆえ、幻宗の施療院がただで患者を診ていることに驚嘆するのだ。

そうとうな金主がいるに違いない。幻宗の背後にいるのは松江藩か。

三十半ばぐらいの眉毛が濃く、切れ長の目をした男がやって来た。名は平吉《へいきち》と言い、河岸《かし》で働いている男だった。

「へえ、伊勢町《いせちょう》堀で船荷の積み下ろしをしています」

平吉は言い、「じつは数日前から、ときたま目眩《めまい》がするんです。重たい荷を担いだときなんか、特に。以前はこんなことなかったんですが」

「今はいかがですか」

「今はなんともありません」

「心の臓がどきどきしたり、息切れすることはありますか」

「心の臓ですか」

平吉は迷ったような顔をする。

「あったかも……。そうです、ありました。心の臓がどきどきしたり、息切れしたり」

「頭痛、吐き気は？」

「ありました」

「耳鳴りは？」

「ええ、ときたま」

「耳が聞こえにくいということは？」

「ええ、あります」

新吾は問診を続けながら、この男は嘘をついているのではないかと疑った。心の臓がどきどきしたり、息切れしたりするなど、貧血の症状を思わせながらも、頭痛、吐き気に加え、耳鳴りなども訴えた。頭に中に原因があるような症状も、耳の病気を疑わせる症状もごったになっている。

それより、この男とどこかで会っているような気がした。が、そう感じたのは一瞬だったので、錯覚だろう。

「先生」

平吉が訴えるように言う。

「なんですか」

「先生は深川の幻宗先生の施療院でも診察をしているんですかえ」

「ええ、そうです。なぜ、ですか」

「じつは、一度、そこに行きました。小名木川を荷足船《にたりぶね》で行き来しているとき、目眩がして、駆け込んだんです」

「そうでしたか」

「でも、大部屋で待っているうちに目眩が治まってきたので、診察を受けずに帰ってしまったんです」

「それはいけません。ちゃんと診てもらわないと」

「へえ」

またも不審を持った。施療院で見かけたのだろうか。

「明後日、もう一度来てください。もし、その前に目眩がしたら、どんな状態かよく覚えておいてください」

「わかりました」

平吉は立ち上がった。療治部屋を出て行く平吉の後ろ姿を見て、また会ったことがあるような錯覚にとらわれた。

知らない人間であることに間違いない。だが、会ったことがある。いや、見かけたことがあるというべきか。

何か魂胆があってここにやって来たような気がしないでもない。まさか、永井秀法に命じられて様子見に来たか。

しかし、ここの様子を見たとして何になるのだろうか。

順庵が往診から帰ってきた。

厠《かわや》に行ってこようと立ち上がる。部屋を出たとき、新吾はあっと声を上げそうになった。

今の男。瓢右衛門を襲った男に似ていた。頬かぶりをしていたので顔はよくわからなかった。

体つきは似ている。だが、そんな偶然があるはずはないと思い直した。殺し屋は源次と言う名で、富ヶ岡八幡宮の近くに住んでいるらしい。伊根吉から源次を捜すように頼まれたままだったことを思いだす。

しかし、平吉が幻宗の施療院に行ったというのはほんとうだろうか。厠から出ると、順庵が部屋から顔を出し、「きょうは出かけるのだぞ」と、念を押した。

「わかっています」

表御番医師の吉野良範の屋敷を訪れることになっている。

「お願いがあるのですが」

「なんだ？」

順庵は警戒した。また、何か条件をつけると思ったのだろう。

「きょうは、ご挨拶だけで」

「うむ？」

「縁組の話まではいかないように」

「それは成り行き次第だ」

「私が栄達を望まない人間だということは先方にお伝えしてあるのでしょうか」

「それとなく話してある。だがいいか、きょうはそんな話はするな」

「いえ、成り行きで」

「……」

順庵は渋い顔をした。

順庵は好人物なのだが、俗気《ぞくけ》が多すぎる。何があったのかは聞いていないが、肩書によってひとの態度が変わることを若い頃から身に沁《し》みて感じていたようだ。

吉野良範の娘お園と会うことは、香保との永遠の決別を意味していると思い、五体を引き裂かれる思いだったが、香保もそれを望んでいるのだと自分に言い聞かせた。

五

神田佐久間町にある吉野良範の屋敷は上島漠泉の屋敷と比べると小振りであり、仰々《ぎょうぎょう》しさはなかった。

庭に面した座敷に招じ入れられたが、漠泉の屋敷の庭の広さの半分もないようだ。質素な雰囲気は新吾には好ましかった。

やがて、吉野良範がやって来た。長身だが少し猫背ぎみで、静かに入ってきた。着ているものも地味で、丸い顔に丸い目。にこやかな表情で、向かいに座った。

順庵は卑屈《ひくつ》なほど平身低頭した。

「きょうはお招きいただき、ありがとうございます」

「なんのなんの、こちらこそ、来て頂いてうれしゅうございます」

四十歳ぐらいだが、好々爺然《こうこうや》とした雰囲気があった。尊大な態度だった上島漠泉とはだいぶ違う。

そう思ったとき、さっきから漠泉と比較していることに気づいてあわてた。

「倅の新吾にございます」

順庵の声を引き取って、「新吾でございます。よろしくお願いいたします」

と、新吾は挨拶をした。

「吉野良範でござる。こちらこそ、よろしく」

良範はあくまで謙虚であった。

「新吾どのは長崎遊学をなさっていたそうですね」

「はい。吉雄権之助先生からいろいろご指導をいただきました」

「そうですか」

良範は笑みを湛えながら頷き、「今は順庵どのといっしょに診療をなさっているのですか」

「はい。ですが、一日置きに深川の村松幻宗先生の施療院で働いております」

「幻宗どのか、よく知っています。私も長崎遊学の折り、幻宗どのとはお会いしております。二十年近く前のことですが」

「失礼いたします」

声がして、襖が開いた。

地味な身なりで、茶を持ってきたので女中かと思った。だが、色白の顔に切れ長の目が美しい。

「どうぞ」

と、順庵の前に茶を置いた。

「どうも、恐縮です」

順庵は低頭した。

新吾の前にも茶を置いたあとで、「娘のお園です。新吾どのだ」

と、良範が引き合わせた。

「新吾です」

「園でございます」

控え目な様子に、かえって若々しい色気が浮き立っていた。香保と同じ年齢のようだが、華やかな香保とはまったく違う印象だった。

お園は良範の隣に腰を下ろした。

「新吾どのはどうして幻宗どののところで働くようになったのですか」

「はい。はじめは長崎遊学を終えて江戸に帰るとき、権之助先生から幻宗先生宛の文を託され、施療院にお届けに上がりました。そこで、幻宗先生の医者としての生き方に感じ入り、おそばで働かせていただくようになりました」

「幻宗のどこが、そなたを引き寄せたのだな」

「幻宗先生が、医者の心得を話してくださいました。医者は患者の貧富や貴賤《きせん》を考えてはならぬと。また、金持ちから金をとれば、優先して診てやらなければならなくなる。患者を平等に世話をするには、一切金をとらないほうがいい。そう仰ったのです」

「幻宗は患者から金を一切とらないというのはほんとうなのですか」

「はい。貧富に拘わらず、一切とりません」

「それで、どうして施療院をやっていけるのでしょうか」

良範が疑問を口にした。

「わからないのです。幻宗先生は教えてくれません。それで、いろいろ憶測が飛びました。その中のひとつに土生玄碩さまから金が出ているのではないかというものがありました。でも、違うことがわかりました」

「土生玄碩どのはシーボルト事件で投獄されましたな」

「はい。それでも施療院に影響がないということで、金主は玄碩さまではなかったとわかったのでございます」

「そうでしたか。で、新吾どのは幻宗のところでしばらく修業をなされるおつもりですか」

「はい。私も幻宗先生のような貧しいひとたちに……」

「新吾。そのような話はお園さまには退屈であろう。またのことにして、別の話にしないか」

順庵が口をはさんだ。

「いえ。私はお聞きしとうございます。患者さんからお金をとらないで施療院を続けていらっしゃるなんて、とても素敵ではありませんか」

新吾は意外な思いで、お園の顔を見た。

お園は恥じらうように俯いた。

「その通りだ。新吾どのの考えはまことに結構。金持ちだけが、病気を診てもらえる世の中はおかしい」

「はい。私は貧しいひとたちのための医者を目指したいと思います」

新吾はうれしくなった。

「新吾。慎《つつし》め」

また、順庵がたしなめる。

「良範さまは、表御番医師としてお城の表御殿にお勤めだ。そのようなお方に貧しい者の施療院など……」

「よいではないか」

良範は微笑みを湛えて順庵の口を遮《さえぎ》った。

「幻宗のような医者も必要なのだ」

「恐れ入ります」

順庵は頭を下げた。

「新吾どのはゆくゆくは御目見医師から表御番医師へ、そして奥医師へと上り詰められよう。そのためには、下々の者の治療に当たることは大いに役立つであろう」

「私は栄達を望みません」

「新吾」

　順庵が声をかける。

「栄達を望まぬと申されるのか」

「はい。私は富も名誉も求めません」

「立派な覚悟だ。しかし、幻宗のような施療院をやるには金がいる。その金はどうなさるか」

「はい。それは……」

「富を求めることは決して悪いことではない。富を求め、その金で貧しい病人を救う。そういうことを考えたほうがよくはないか」

「はい。仰る通りだと思います」

　そのことは上島漠泉からも言われたことがある。幻宗には特別な金主がいる。新吾にはいない。金がなければ、どんな立派な考えも実現は出来ないのだ。それは厳然たる事実だ。

「幻宗は松江藩の藩医の息子だ。そんな富があったとは思えない。長崎にいるときに、確か、幻宗は貧しいひとたちのための医者を目指すと言っていた。だが、そのためには金がいる。幻宗はそのことで悩んでいた」

良範は長崎時代の幻宗を知っているのだ。

「新吾どのは、幻宗に金主がいると思っているようだが、そんな奇特な金持ちがいようか。いるとは思えないが、いたとしよう。だが、金主に頼っての施療院に希望はあるか。もし、金主が亡くなったり、没落したりしたら、たちまち施療院は立ち行かなくなる。そんな危ういことで施療院を続けていけるだろうか」

「……」

新吾は言葉を失っている。

「幻宗はそんなことはしまい」

「では、金主は？」

「いるとは思えない」

「……」

「幻宗は自分の力で富を得たのだ」

「えっ」

「長崎遊学を終え、その後、藩医を辞めていっとき姿を晦ましていた。その間に、幻宗は全国の山々をまわって薬草を調べていたという噂がある。しかし、もっと別のものを探し得たとも考えられる」

「別のものとは何でしょうか」

「わからぬ。ただ、鉱山なら巨万の富を得ることも出来る」

「鉱山？」

「しかし、鉱山は発掘などに人手がいる。そう考えたら……。いや、よそう。勝手な憶測はよくない。いずれにしろ、私は幻宗自身が金主だと思う。おそらく、永遠の富を得ているのではないか」

「信じられません。でも、幻宗先生が金主を頼りに施療院をやっているわけではないということはよくわかるような気がします」

「そうだ。私が言いたいのは富を得ることは決して悪いことではないということだ。要は、富の使いようだ」

「はい」

「富を得るためには名声が必要だ。栄達を図り、富を得る。そして、その富を貧しい者たちのために使う。新吾どのはそういう生き方を選んでもよいかもしれぬ。幻宗とて何かで富を得て、その金があったから施療院をはじめられたのだ」

「はい」

今まで幻宗に金主がいると思っていたが、そうではないかもしれないというのは衝撃的な見方だった。

確かに、誰かに出してもらっていたら、どんなことでそれが途絶えてしまうかもしれない。

「それにしても、幻宗の富の源は何か」

良範は首を傾げ、「お園。こんな話は詰まらぬか」

と、娘に声をかけた。

「いえ。私も幻宗先生が何で富を得たのかを知りとうございます」

「そうよな。だが、幻宗は誰にも言うまい。己だけの秘密にしておくだろう。だが、富を守って、幻宗の施療院に届ける役割の人間はいよう。その者は幻宗の秘密を知っているのだ」

新吾の脳裏を、いつも幻宗のところにやって来る多三郎の顔が掠めた。三十半ばぐらい、胴長短足の暗い感じの男だ。薬の行商人ということだが、違う役割を負っているのではないか。

その後、酒宴となったが、新吾の頭は幻宗の富の源のことでいっぱいになり、お園との会話もつい上の空になっていた。

翌朝、いつもより早く家を出て、新吾は海辺大工町の長屋に為三を訪ねた。

腰高障子を開けると、中から、「誰でえ、こんな朝っぱらから」

と、声がした。

「為三さん。幻宗先生のところの宇津木新吾です」

「あっ、宇津木先生ですかえ」

あわてて、為三はふとんから出て来た。

「起こしてしまいましたか」

「いえ、もう起きようと思っていたところで」

為三はふとんを畳んで隅に積んだ。

「何か」

上がり框までやって来て、為三はきく。

「一幸堂風斎さんを殺した浪人者のことです」

「いやだな。本気にしていたんですかえ」

「ええ、もちろんです」

「あっしのことを周囲ではなんと呼んでいるかご存じですか。ほら吹き為三ですぜ。みんなあっしの言うことなんかまともに聞いちゃくれませんぜ」

「私は信じています」

「……」

「為三さん。知っていることを話してくれませんか」

「何も知りませんよ」

為三は横を向いた。

「きっと、為三さんの身の安全はお守りします」

「そうじゃねえ。あっしは何も見ちゃいねえんですよ。ただ、宇津木先生に面白がってもらおうと思ってあんな作り話をしただけなんです」

「どうして、私にその話を持ってきたのですか」

「別にたいした意味はありません」

「万年橋の近くで死体が見つかったとき、私はその場に出くわしました。為三さんも、野次馬の中にいたんじゃありませんか。私が伊根吉親分の手下の米次さんに声をかけたのを見ていた。だから、私にその話をしたのではありませんか」

「いえ、そうじゃ……」

為三は落ち着きをなくした。

「先日、夜遅く、帰ってきましたね。空手でした。あなたは何か調べに行って来たんじゃありませんか」

「勘弁してくれ」

為三は部屋の隅に後退った。その表情に怯《おび》えの色があった。本気で怯えているのだと思った。

「きょうは幻宗先生の施療院にいます。待っています」

そう言い、新吾は為三の住まいをあとにした。

# 第四章　殺し屋

## 一

その日の診療を終えたが、為三は来なかった。

幻宗がいつものように濡縁で疲れをとるように庭に目を向けて湯呑みを手にしていた。

金主は幻宗自身だという吉野良範の言葉を思い出しながら、新吾は柱の陰から酒を呑んでいる幻宗を見ていた。

数年間、全国の山奥を薬草を探しながら歩いていて、何か富の源を見つけたのではないかというのが良範の想像だった。

今は、新吾もそうだろうと思っている。では、幻宗は何を見つけたのか。金、銀、銅などの鉱山ではないはずだ。発掘は大がかりな作業だ。幻宗ひとりで出来ることではない。

新吾は知りたいという欲求と闘った。幻宗が素直に答えてくれるはずはない。

「新吾さま、どうしましたか」

おしんが不思議そうに声をかけてきた。

新吾ははっと我に返り、「幻宗先生がくつろいでいらっしゃるので、お邪魔しては悪いと思いまして」

「ああ、そうですね。きょうの先生はずいぶんくつろがれていますね。でも、いつもお声をかけていらしゃるんですから気にしないでいいと思いますよ」

「そうですね」

新吾は微笑んでから幻宗のそばに行った。

「よろしいでしょうか」

「うむ」

厳《いか》めしい顔なので不機嫌そうに見えるが、幻宗は拒んでいるわけではない。

「先生は吉野良範さまをご存じでいらっしゃいますか」

「良範どのとは長崎でいっしょだった。良範どのがいかがした？」

「はい。きのう、良範さまと娘のお園さんとお会いしました」

「娘？」

幻宗が軽く頷いた。

「そうか。それはよいことだ」

漠泉の娘香保とのことは、幻宗も知っている。

「いえ、まだ、決まったわけではありません。ただ、良範さまと話していて先生の話題になりました。長崎時代にいっしょだったと話しておられましたので、先生にお訊ねした次第です」

「うむ。いっしょだった。ただ、それほど親しくしていたわけではない。生き方が違ったせいか、話がかみ合わなかったからな」

栄達を求める良範と弱者の味方であろうとする幻宗は水と油だったかもしれない。

「わしのところで働くのをやめろと言われなかったか」

「いえ。いいことだと仰ってくださいました」

「いいことだと？」

幻宗は不思議そうな顔をした。

「何か」

「いや。良範どのがそう言ったのか」

「はい。ただ、私が幻宗先生のような医者になりたいというと、そのためには富を得なければ何も出来ないと言われました」

「……」

「名声を得て富を増やし、その金で貧しいひとの診療を行うべきだと。結局、私に栄達を図れと言っているのだと思いますが」

新吾は幻宗の顔色を窺う。

「良範どのは……」

幻宗は言いさした。

「なんでしょうか」

「いや」

「なんでも仰ってください。先生のご意見もお伺いしておきたいですから」

「なんでも、自分の目で見、自分の耳で聞いたことを信じよと言った。わしの言葉はそなたの心を左右しかねぬ。聞かぬほうがよい」

「先生は、良範さまには批判的なのですか」

「栄達を目指すからと言って批判などせぬ。その人間の生き方の問題だ。ただ、良範どのが私の生き方を認めるというのが解せない。心境の変化があったのか……」

「良範さまは幻宗先生を認めていらっしゃいました」

「そうか」

幻宗は渋い顔をした。

「おそらく、あれから何年も経っている。良範どのも変わられたのであればよいが
……」

なんとなく奥歯にものがはさまったような口ぶりだ。

「先生。なんだか、いつもの先生らしくありません」

「そうか」

幻宗は苦笑し、「では、これだけ確かめておこう。良範どのは……」

また間があったが、今度は続けた。

「良範どのは施療院の金の出所を気にしていなかったか」

「はい」

「やはり、そうか」

「やはりとは？」

「いや、これ以上はよそう。そなた自身の問題だ。わしの言うことで、そなたの一生

が左右されてしまってはならない」

「先生」

「この話はこれまでにしよう。それより、為三はどうした？」

幻宗は強引に話題を変えた。

「殻《から》に閉じこもっています。怯えているようです」

「やはり、殺しの現場を見たというのはほんとうのようだな」

「はい。でも、ほら吹き為三と言われていると自嘲し、見たのは嘘だと言っています」

「苦しんでいるようだ。なんとかしてやったほうがいいな」

「はい。ただ、伊根吉親分はてんから嘘だと決めつけているのです。信じてもらえそうもありません」

「何度も押しかけ、説き伏せるのだ。もし、浪人者を恐れているならここでしばらく泊まらせてもいい」

「わかりました。これから寄ってみます」

新吾は立ち上がり、施療院を出た。

夜道を急ぎ、高橋を渡ってから『一番屋』という呑み屋を覗いた。為三はいなかった。

まだ帰っていないのかと思いながら長屋に行くと、為三はふとんをかぶって寝ていた。

「為三さん、どうかなさいましたか」

新吾は声をかけた。

「あっ、宇津木先生か」

「具合でも悪いのですか」

「いえ、そうじゃねえんだが、なんとなく起きるのがかったるくて」

「起きられますか」

「へえ」

為三が体を起こした。

「どうです？　『一番屋』に行きませんか」

「『一番屋』に？」

「ええ、ご馳走《ちそう》しますよ」

「ありがてえ」

為三は表情を輝かせたが、すぐ暗い顔になって、「いけねえ」

と、尻込みした。

「どうしたんですか」

「だめだ。外に行けねえ」

「どうしてですか」

「あいつに会ったら……」

為三は恐怖に引きつったような顔をした。

「あいつとは、もしかしたら、一幸堂風斎さんを斬った浪人者ではありませんか」

「……」

「為三さん。どうなんですか」

「言えねえ」

「これから、こんなふうに毎日怯えながら暮らしていくんですか」

「いやだって言ってもどうしたらいいかわからねえ」

「正直に言うんです」

「殺されちまう」

「このままでは殺される前に、病気で死んでしまいますよ」

新吾は威した。

「さあ、正直に話すんです」

「だって、あっしはほら吹き為三ですぜ。そんな男の言うことを信じるんですか」

「為三さんはいざというときはほんとうのことを言うはずです。そうでしょう」

「へえ」

「話してください」

「でも」

まだぐずぐずしている。

「では、幻宗先生の施療院に移りましょう。そこにいれば安心です」

「いいんですかえ」

「ええ。幻宗先生も承知です」

「わかりやした。聞いてくだせえ」

為三は居住まいを正した。

「この前、鍋の修理で呼ばれて行った本所横網《よこあみ》町の長屋で、あんときの下手人に似た浪人者を見かけたんです。そんときは商売でしたんではっきり確かめられず、いったん長屋に戻ってから気になってもう一度確かめに行ったんです。やはり、あの浪人者でした。他の住人にきいて、古川与兵衛《ふるかわよへえ》という名だとわかりました。引き上げようとして、古川与兵衛に見つかってしまったんです。あっしはあわてて逃げました。そんとき、万年橋で宇津木先生と出会ったんです」

「そうでしたか」

「あっしを殺しに来るんじゃないかと、毎日びくびくして、仕事にも出られません。誰もあっしの言うことを信じてくれませんし」

「私は信じます」

「すまねえ」

「で、古川与兵衛が風斎さんを殺したことに間違いないんですね」

「そうです。あの浪人者です。間違いありません」

「古川与兵衛の住まいは本所横網町ですね」

「そうです」

「よく話してくださいました。これから、幻宗先生の施療院に行きましょう」

「いえ、だいじょうぶです。ここを見つけられたわけじゃありません。宇津木先生に話してすっきりしました。もう、怖くありません。誰も信じてくれないと思うと心細かったんですけど、もうだいじょうぶです」

「そうですか。もし、何かあったら幻宗先生のところに行ってください」

「わかりました」

「では、伊根吉親分にこのことをお話しします。よろしいですね」

「へえ。信じてくれるかわかりませんが……」

「信じますとも」

新吾は為三の長屋を出てから近くの自身番に寄り、伊根吉の住まいを聞いた。

佐賀町だという。佐賀町に行き、そこの自身番でもう一度、伊根吉の住まいをきいた。

伊根吉の家はしもたやだった。格子戸を開けて呼びかけると、すぐ隣の部屋から米次が顔を出した。

「新吾さんじゃありませんか」

「米次さん。ちょうどよかった。親分はいらっしゃいますか」

「ええ。何か」

「一幸堂風斎殺しのことです」

「米次。上がってもらえ」

伊根吉の声がした。

「へい。どうぞ」

「失礼します」

新吾は部屋に上がり、隣の居間に行った。

伊根吉は長火鉢の前に座っていた。隣に小粋《こいき》な女がいた。かみさんらしい。

「親分。お邪魔します」

「挨拶は抜きで、話を聞かせてもらいましょうか」

伊根吉は急《せ》かした。

「やはり、為三は風斎殺しの現場を見ていました。殺したのは古川与兵衛という浪人者だそうです」

為三から聞いた話をする。

「為三は威されていたこともありましたが、信じてもらえないと思い込んで、誰にも言えずにひとりで怯えていたのです」

「宇津木さん。ほら吹き為三の言うことが信じられるのですか」

「ええ。信じられます。本所横網町に住む古川与兵衛を調べてみてください。おそらく、親分が調べた風斎を恨んでいる人間とつながっているでしょう」

「うむ。一番、怪しいのは風斎が気に入っていた女だ。半年前に、亭主が倒れた材木の下敷きになって死んだ。この女は風斎の仕業だと睨んでいた。よし、米次。明日、この女と古川与兵衛のつながりを調べるのだ」

「へい」

米次ははりきって答えた。

「源次の行方はいかがですか」

「不思議なことに、どこにも住んでねえ。ひょっとすると、界隈の武家屋敷の中間《ちゅうげん》部屋にでも潜んでいるのかもしれねえ。いや、中間じゃねえ。中間を手なずけて、かってに潜り込んでいるという奴だ。それだと、捜すのが骨だ」

「翫右衛門の襲撃はどうですか」

「ない。おそらく、殺しを取りやめたのかもしれねえ。こうなると、ますます源次を捜し出すのが難しくなった」

伊根吉は悔しそうに首を横に振ってから、「ともかく、風斎殺しから片付けよう」

「では、私はこれで」

「宇津木先生、すまなかったな」

伊根吉が礼を言う。

「いえ」

新吾は微笑《ほほえ》んで応え、かみさんにも会釈《えしゃく》をして、引き上げた。

「新吾さん。助かったぜ。探索が行き詰まって親分の機嫌が悪かったんだ。これで、あっしも安心して引き上げられる」

格子戸の外まで見送って、米次がいたずらっぽく言った。

二

小舟町の家に帰ると、またも長英が待っていた。だが、これまでと違って旅装なので、驚いた。

「高野さん、その姿は？」

「間宮林蔵に目をつけられた」

「間宮さまに？」

「もう江戸を発《た》つことにした。その前に、そなたに会いたくなって寄った」

「どちらに？」

「鳴滝塾でいっしょだった男から九州に優れた蘭学者がいると聞いていた。そこに行ってみるつもりだ」

「でも、夜の旅立ちは危険です。今夜、ここで休んで、明日の早暁《そうぎょう》に旅立たれたらいかがですか。ぜひ、そうしてください」

「いや、そなたに迷惑をかけられぬ」

「迷惑なんて。どうぞ、そうしてください」

新吾は無理に引き止めた。

「すまん。では、そうさせてもらおうか」

「はい」

新吾は長英と語らうことが出来て喜んだ。

傲岸不遜だと、長英は他人から思われている。だが、それは天才ゆえのことで、根はやさしい人間なのだ。

甑右衛門の病気を治し、事後も容体を気にしていることでもわかる。また、病気の遊女も親身になって診てやっている。

順庵と義母に長英が泊まることを伝え、夕餉の支度もしてもらった。

意外なことに、順庵と長英は気が合うようで、夕餉の席でも、ふたりで楽しく盛り上がっていた。

自分の部屋に戻り、新吾は長英とふたりで酒を酌《く》み交わした。

「俺はいつかまた江戸に戻り、蘭学の塾を開くつもりだ。後進を育て、蘭学をもっと広げ、漢方医がのさばっている世の中を変えなければわが国は衰退するだけだ」

長英は熱く語った。

「高野さんはいずれ国事に関わるようになるかもしれませんね」

新吾はそんな気がした。

「いや、そんなつもりはない。俺はあくまでも医者であり蘭学者だ」

そう言ってから、ふいに思いだしたように、「そうだ、お園という娘はどうであった？」

と、長英がきいた。

「別に」

「そうか。気に入ったようだな。顔に書いてある」

「えっ？」

「すぐ否定しないのは気に入った証だ」

「そんな無茶な」

「でも、よかったではないか」

「まあ」

「どんな女だ？　そなたの生き方をわかってくれそうか」

「ええ。富や名声を求めず、貧しいひとのための医者になりたいということを素晴らしいと仰っていただいた。幻宗先生のことも褒めていただいた」

「出来すぎた女だな。そなたのかみさんとしては申し分ないな。美人なのだろう」

「ええ、そうですが」

香保とはまた違った美しさがあった。だが、新吾から香保への思いが消えたわけではない。

「それから幻宗先生は患者から金をとらないという話になって、幻宗先生の金主のことについて良範さまがあることを」

「吉野良範だな」

「はい。良範さまは幻宗先生と長崎時代に少し交わりがあったそうです。で、良範さまが仰るには、幻宗先生には金主などいないのではないかと」

「いない？」

「はい。幻宗先生は他人頼みで施療院をやるような男ではないと。もし金主に何かあったら、たちまち立ち行かなくなる。そんな危ういことはしないはずだと仰いました。だとしたら、幻宗先生自身に富がおありなのではと」

「そんなことは考えられない。幻宗先生に金があるはずない」

「幻宗先生は藩医を辞めたあと、数年間、全国の山奥を薬草を求めて歩き回っていたのです。そこで、何か富を見つけたのではないかと」

「富だと？」

「鉱山かと思いましたが、掘り出すのはひとりでは無理です。何か他のもの」

「……」

長英は腕組みをして考え込んだ。

「まさか」

やがて、顔を上げた。

「埋蔵金だ」

「埋蔵金？」

「世に言う武田信玄《たけだしんげん》や豊臣秀吉《とよとみひでよし》などの埋蔵金だ。一攫千金《いっかくせんきん》を夢見て、それらを追い求めている山師がいるのは事実だ。幻宗がどこかの山奥で埋蔵金を見つけたという考えも出来る」

「俄《にわ》かに信じられませんが」

「しかし、そうだとしたら、あの施療院を続けられる秘密がわかるではないか」

「そうですが」

新吾は半信半疑だ。

「事実はどうかわからぬ。だが、吉野良範がそう思っていることは間違いない」

良範はそこまで言わなかったが、そう考えていたのだろうか。

「なるほど。埋蔵金か。もし、そうだとしたら、たいへんなことだ。幻宗先生が口を閉ざしているわけがよくわかる。そんなことがおおっぴらになったら、いろいろな人間が金を無心に来るに違いない」

幻宗は薬草を求めて全国の山奥を歩き回っていて埋蔵金を見つけた。だんだん、あり得ない話ではないと思えるようになった。

「どうだ、そのうち、思い切って幻宗先生にきいてみたら」

「いや、そんなことは出来ません」

「そなたなら教えてくれるはずだ。幻宗先生はそなたを高く買っているからな」

「……」

「そうそう、甑右衛門のことで妙なことを聞いた。

「妙なこと？」

「文左衛門が言うには、子どもが自分に似ていないと言っていたことがあったらしい」

「後添いの子ですね。どういうことなのでしょうか」

「つまり、自分の子ではないと疑っているのだ」

「……」

「それで、俺は彦次郎に会ってきた」

彦次郎は翫右衛門の妹の子で、養子にして『美濃屋』継がせようとしていたが、後添いのおたきに子が出来て、その話がなくなった。このことから、長英は彦次郎が今回の事件に絡んでいるのではないかという見方をしていた。

「どうだったのですか」

「彦次郎は二十歳で物腰の柔らかい男だった。とうてい、悪いことなど出来そうもない」

「すると、彦次郎は今回の事件とは関わりはないということですね」

「ない。ただし、おかしなことがわかった」

「なんですか」

「彦次郎はひと月近く前、翫右衛門から手紙を預ったそうだ」

「手紙？」

「ある日、翫右衛門がいきなり訪ねてきて、こう言ったそうだ。わしは労咳にかかり、そう長生きは出来ない。もし、わしが死んだら、この手紙の封を切って読むようにと言って、手紙を預けたそうだ」

「彦次郎はその手紙をずっと持っていたのですね」

「そう。だが、約束を守って、封を切っていなかった。ところが、先日、甑右衛門がその手紙をとりに来たという」

「では、手紙は甑右衛門さんの手に返ったのですか」

「返った。だから、手紙に何が書かれていたかは不明だ」

その手紙に重大なことが書かれていたことは間違いない。もし、甑右衛門が殺し屋に殺されていたら、その手紙によって何がどうなったのか。

「だが、自分の子ではないと疑っていたのだとしたら、自分の死後、『美濃屋』を彦次郎に譲ると書き記されていたとも考えられる」

「甑右衛門さんの子でなければ、誰の子なのでしょうか」

「そこまでわからぬ。こうなったら、甑右衛門に直に当たるしかない」

「答えてくれるでしょうか」

「答えまい。だが」

と、長英は息継ぎをし、「すべてが終わったわけではない。すべては、甑右衛門が労咳のため隔離される暮らしを言い渡されたことからはじまっている。だが、労咳が誤診だったことから事態が大きく変わったのだ。新しく何かがはじまるのではないか」

「子どもの件はいまだに尾を引きずっているはずですね」

「そうだ。そのことが大きな問題だ。もっと調べたかったが、俺は江戸を離れなければならなくなった。そなたに、あとを託したい」

「高野さんは、なぜ、そこまで？」

「秀法の誤診のわけを知りたかったこともあるが、翫右衛門は俺の患者という思いがある。あとあとまで、見届けたい。仮に、病気以外のことでもな」

「わかりました。きっと、調べてみます」

「頼んだ。さあ、そろそろ寝るか」

長英は生あくびをした。


翌朝、新吾が物音で目を覚ますと、長英が身支度をしていた。まだ、障子の外は暗かった。

「起こしてしまったか」

「まだ、早いじゃありませんか」

「眠れなかったので起きてしまった」

「義母に朝餉の支度をさせます」

「いや、いい。このまま発つ」

「でも」

「世話になった。また、戻ってくる」

「路銀《ろぎん》はあるのですか」

「だいじょうぶだ。お二方によしなに」

「はい」

「では」

「途中まで行きます。私がいっしょのほうが町木戸を開けてもらえます」

木戸番が町木戸を開けるのは明六つ（午前六時）だ。まだ、半刻（一時間）近くある。

新吾は急いで着替えた。

「すまぬな」

「いえ」

裏口から家を出た。

小舟町の町木戸を出て、伊勢町堀から大通りに出る。豆腐屋は表戸を開け、棒手振《ぼてふ》りも動きだして、日本橋のそばの魚河岸はすでに賑わっていた。

長英は日本橋を渡ったところで立ち止まった。

「ここで結構だ」

「はい」

「世話になった」

「こちらこそ」

「高野さん。御達者で」

「そなたもな。では」

行きかけた長英が戻ってきた。

「俺は、吉野良範の娘は賛成しない。ではな」

改めて、長英は品川《しながわ》宿方面に歩いて行った。他にもちらほら見送る人と別れを惜しむ旅人がいた。

姿が見えなくなるまで見送ったが、長英の最後の言葉が気になった。

吉野良範の娘は賛成しない。

どういう意味なのだろうか。なぜ、そのようなことを言うのか。長英という人物がまだはっきりとわかっていないようだった。

家に戻ると、順庵が起きてきた。

「長英どのは発たれたのか」

「はい。日本橋まで見送ってきました」

「なかなか面白い男だ。やがて、一廉《ひとかど》の人物になろう」

「はい」

「寂しいですね」

義母も呟く。

長英がこれほど思われていたとは想像していなかった。

診療をはじめて、新吾は平吉が来るのを待った。目眩がすると言っていたが、原因となる症状が入り交じっており、仮病ではないかという疑いが強かった。

それより、平吉は翫右衛門を襲った男に似ていた。頰かぶりをしていたので顔はよくわからなかったが、殺し屋と思える源次という男の顔に特徴がそっくりだった。平吉も眉毛が濃く、切れ長の目で、鋭い顔立ちだった。

しかし、平吉が源次だとして、なぜ新吾の前に現われたのか。狙いがわからない。

平吉がやって来たのは昼前だった。

新吾は平吉が目の前に座るのを待って、「その後、目眩はいかがでしたか」

と、きいた。

「へえ。おかげさまで何ともありません」

「そうですか。何かおききになりたいことがありますか」

新吾は相手の顔を見つめてきく。

「いえ」

「なんでも構いませんよ。なければ、私からお訊ねしてよろしいですか」

「なんですね」

「どうして、私の前にやって来たんですか」

「それは目眩がして」

「目眩より、何か探りたいことがあったのではありませんか」

「……」

「あなたの名は？」

「平吉です」

「どうやら、わかってしまったようですね」

「本当の名です」

平吉は苦笑し、「あっしは源次です」

「やはり、源次さんでしたか。でも、なぜ、私のところに？」

「いろいろ腑に落ちないところがありましてね」

「ここでは話は出来ません。私の部屋に来ていただけますか」

「あっしのような人間をいいんですかえ」

「もちろん」

あとのことを順庵の弟子に任せ、新吾は源次を療治部屋から自分の部屋に招じた。

「難しい本が並んでいますね」

源次は書棚を見て目を丸くする。

「さあ、聞かせてください」

新吾は催促した。

「へえ、もうあっしのことはわかっているようなのでずばりお伺いいたします。美濃屋の翫右衛門を襲ったとき、妙なことを言ってましたね。風斎に頼んだのは私だと。そのあとで、とりやめだと」

「その通りです。翫右衛門さんは自分で自分を殺すように風斎さんに依頼したのです」

「解せませんぜ。なぜ、そんな真似をしたのか」

「翫右衛門さんは労咳だと見立てられ、家族と離れて養生するように医者から言われたそうです。絶望した翫右衛門さんは子どもに会えないなら生きている価値がないと、命を絶とうとした。ですが、自分で死ぬことは出来ない。それで、知り合った風斎さんに自分を殺してもらうように依頼したということです」

「わからねえ。だったら、自分で死ねばいい。自分で死ねない人間が殺されるのを待つなんて堪えられますかえ」

「わかります。ですが、翫右衛門さんはそう仰っています。あなたは、その言葉を聞いて、襲撃をやめたのですか」

「中断です」

「では、まだ狙うつもりですか」

「依頼人が別にいるなら殺《や》るつもりです。一幸堂風斎は死にましたが、約束は果たさなきゃなりませんから」

「それで、調べているのですか」

「そうです。『美濃屋』に行って様子を探りましたが、わかるはずありません。そこで、思い切って、宇津木先生に訊ねようとしました」

「翫右衛門さんの訴えは半信半疑ですか。風斎さんの名をだしたことが、自分で依頼した証にはなりませんか」

「いえ。翫右衛門は何者かが風斎に自分の殺しを依頼したことに気づいた。襲撃から逃れる手立てとして風斎を殺し、あっしが襲ったときに自分が依頼したといい、とりやめさせる。そうかもしれないじゃありませんか。そうなら、依頼人は約束を果たしていないとどこかで地団太《じだんだ》を踏んでいるかもしれません」

「なるほど。そういうふうにとったわけですか」

「ええ。ただ、風斎から聞いた殺しの方法が他とは違っていたので気になってました。ふつうだったら、事故死に見せかけて殺すという依頼なのに、翫右衛門の場合にははっきり殺しだとわかる方法で殺すというのが注文でした」

「駕籠を襲ったのは、依頼人の希望だというのですか」

「そうです。でなかったら、あんな襲撃の仕方はしませんよ。もっと、うまくやります。自分で自分を殺す依頼をするのに、そんな注文をつけるなんて妙ではありませんか」

「……」

新吾は考え込んだ。確かに、なぜ、駕籠に乗っているところを襲ったのか。そのことは疑問に思っていたことだ。

源次がそのようなことで嘘をつくとは思えない。翫右衛門に確かめてみよう。

「宇津木先生。あっしの言うことが信じられますかえ」

「信じられます。なにより、翫右衛門さんへの襲撃を中断しているではありませんか。しかし、翫右衛門さんが自分を殺すように依頼したのも事実です」

「そもそも、なぜ翫右衛門は依頼をとりやめると言い出したんですかえ」

「労咳が誤診だったとわかったからです」

深川で倒れ、幻宗の施療院に運ばれ、労咳ではないことがわかったという話をした。

「なるほど。生き返ったってわけですか。それなら殺し屋に狙われるなんてとんでもないことですね」

源次は顎に手をやった。

「あなたは、風斎さんがなぜ殺されたのか、想像がつきますか」

「翫右衛門じゃなければ、荒物屋の亭主幸次郎のかみさんでしょう。風斎はかみさんに横恋慕《よこれんぼ》したあげく、あっしに幸次郎の殺しを依頼しました。自分のことで、殺しを依頼するなんて風斎も焼きが回ったと思いましたが、幸次郎を材木の下敷きにして殺しました。たぶん、かみさんが風斎の仕業と気づいて殺しを依頼したんでしょう」

同心の笹本康平や伊根吉親分の見立て通りだと思った。

風斎殺しは甑右衛門の件とは関わりがないのだ。風斎が生きていれば、殺しの依頼の取り消しが出来た。

だが、それですべて解決したのだろうか。いや、やはり大きな疑問は、甑右衛門がはっきり殺しだとわかる方法で殺すという注文をつけたことだ。

何かある。何かの狙いがあってのことだ。

「ひょっとして……」

新吾はあることが閃《ひらめ》いた。

「源次さん。これから甑右衛門さんに会ってきます。あなたも」

「新吾」

襖の外で義母の声がした。

「伊根吉親分がおいでです」

源次は顔色を変えた。

「源次さん、裏口から。また、来てください」

新吾は源次を裏口に向かわせ、自分は玄関に出て行った。伊根吉と米次が待っていた。

「親分さん。どうぞ、お上がりに」

「いや、お知らせだけですんで。幸次郎のかみさんと古川与兵衛がつながりましたぜ。幸次郎と与兵衛が知り合いで、幸次郎の弔《とむら》いに与兵衛は顔を出していた。ふたりを大番屋《おおばんや》にしょっぴいた。いずれ、自白するでしょう」

「そうですか」

「為三にも、このことを伝えた。これで、風斎殺しは一件落着です。あとは源次だけ。そのことだけを伝えにきただけです。じゃあ、お邪魔しました。ああ、これから翫右衛門にも会ってきます」

「わざわざすみませんでした」

ふたりを見送ってから部屋に戻った。

「源次さん。いたんですか」

「へえ」

「私が訴えると思わなかったのですか」

「いえ、そんなことをするはずないと思ってましたから。それより、幸次郎のかみさんが捕まったみたいですね」

「ええ。古川与兵衛という浪人に復讐を依頼したんでしょう」

「かみさんもばかなことをしたもんだ。風斎のような屑《くず》のために」

「それもこれも、あなたが幸次郎を殺したからではありませんか」

「へえ」

源次は小さくなった。

「面目ありません。幸次郎は大酒呑みのどうしようもない男だと風斎は言っていたんです。あっしも風斎に騙された」

源次は口惜《くや》しそうに唇をひん曲げた。

「源次さん。これ以上、罪を重ねないでくれますか。まだ、殺しを続けるようであれば、私もこのまま見過ごすことは出来ません」

「わかっています」

源次は素直に頷いた。

伊根吉はあとは源次だけだと言ったが、翫右衛門のことが残っている。新吾は今夜、翫右衛門に会いに行くつもりだった。

源次にも付き合ってもらう。そう心に決めた。

三

その日の診療を終えて、新吾は家を出た。

馬喰町一丁目の『美濃屋』の前に、源次が立っていた。

「あっしもいっしょでいいんですかえ」

「ええ、源次さんにもごいっしょしていただいたほうが、翫右衛門さんも正直に答えてくれると思います」

「そうですか。じゃあ、お供させていただきます」

新吾は大戸が閉まった店先の前を過ぎ、路地を入ったところにある戸口に向かった。

格子戸の前で立ち止まり、源次と目を合わせてから戸を開けた。

「ごめんください」

新吾は土間に入り、奥に呼びかける。

女中が出てきた。

「宇津木新吾と申します。翫右衛門さんはいらっしゃいますか」

「はい。少々、お待ちください」

女中は奥に引っ込んだ。

しばらくして、女中が戻ってきた。

「どうぞ」

「失礼します」

新吾と源次は座敷に上がり、女中のあとに従った。

内庭に面した部屋に通された。

「旦那さまは、いま永井秀法先生とお会いになっていらっしゃいます。しばらくお待ちくださいませ」

「お体の具合でも？」

「いえ、診察ではありません。失礼します」

女中は部屋を出て行った。

「もしや、労咳だと見立てたのは永井秀法ですか」

「永井秀法さまをご存じなのですか」

「へえ、ちょっと」

源次は微《かす》かに暗い顔をした。

「何かあったんですか」

「いえ、なんでもありません」

源次は曖昧に言う。

「失礼します」

女中が茶を持って来た。

「すみません」

新吾は礼を言ったあと、「長くかかりそうですか」

「はい」

女中は困惑した顔で頷き、「失礼します」

と、急いで部屋を出て行った。

「源次さんは、どうしてひとを殺《あや》める仕事をやりはじめたのですか」

新吾はやや非難めいた口調できいた。

「あっしは孤児《みなしご》で、寺に預けられましたが、十二歳のときに逃げ出し、芝の神明町に居つき、そこで置き引き、かっぱらい。空き巣などやって生きてきました。二十歳を過ぎたころには一端《いっぱし》の悪党です」

源次は自嘲ぎみに続ける。

「仲間と押込みをしたことは何度もあります。幸い、まだお縄にはなってません。遊び人の男と喧嘩になって大怪我をさせて、芝にいられなくなって本所に移りました。三年前です。武家屋敷の中間部屋で開かれる賭場《とば》に出入りをし、なんとか暮らしてました」

まだ、覩右衛門がやって来る気配はない。

「一つ目弁天の前に『鶴の家《つるのや》』っていう遊女屋があるんですが、そこにおこまという女がいます。二十七歳ですが、やさしい女でしてね。何度か通ううちに情が移りました。ところが、おこまが病に罹っちまって。『鶴の家』の物置小屋で寝かされてました。満足に医者に診せていません。見るに見かねて、亭主に掛け合いました。そしたら、稼げなくなってこっちだって大損だ。医者なんかに診せる金はねえと言いやがった。あっしはかっとなったが仕方ねえ。だから、おこまを引き取らせてくれと言ったんだ。そしたら、二十両で身請けさせてやると。二十両なんて金があるはずねえ」

源次は口許を歪めた。

「木場で人足を探しているというのでそこに行き、前借りをして働こうとしたらあっさり追い返された。途方にくれて富ヶ岡八幡宮の前までやって来たとき、大道易者に声をかけられたんです。それが一幸堂風斎でした。金に困っていることを見透かして、風斎は金儲けの話があると持ち掛けてきたんですよ」

そのとき、部屋の外が騒々しくなった。

「何かあったようですね」

新吾は立ち上がり、障子を開いた。

内庭をはさんで向かいの部屋から永井秀法が出てきた。なにやら憤然とした様子だ。

秀法は乱暴な足取りで廊下を去って行く。あとから、翫右衛門が顔をだした。

部屋に戻って待っていると、ようやく翫右衛門がやって来た。

「お待たせいたしました」

翫右衛門は何ごともなかったかのように目の前に座った。

「何かございましたか」

源次を引き合わせる前に、新吾はきいた。

「永井秀法先生にはもうここに出入りをしないように申し入れたところです」

翫右衛門は静かな口調で言う。

「誤診のことで？」

「まあ、そうですね」

「なぜ、今になって？」

「前から考えていたことを、今実行に移しただけでございます」

「誤診の理由について納得されたのではなかったのですね」

「理由がわかったから縁を切ったと言ったほうがいいでしょう」

「なぜですか」

「これ以上、お話をするのは秀法先生の名誉に関わることなどで遠慮させていただきます。どうか、御容赦を」

「そうですか」

「宇津木先生、こちらは?」

甑右衛門が源次を気にした。

「はい。こちらは……」

「源次と申します」

新吾が引き合わせる前に、源次が名乗った。

「源次さん……?」

甑右衛門の顔色が変わった。伊根吉から殺し屋は源次という名だと聞いていたのかもしれない。

「甑右衛門さんを襲った殺し屋です」

新吾が言うと、甑右衛門は口を半開きにした。

「氈右衛門さん。源次さんは、駕籠で帰る途中を襲ったとき、あなたが叫んだ言葉が引っかかっていたそうです。風斎に頼んだのは私だと。そして、とりやめだと」

「……」

氈右衛門はまだ声を出せずにいる。

「氈右衛門さん。あっしは風斎から氈右衛門さんを殺すように依頼されました。しかし、誰の依頼かは聞いていません。したがって、あなたが偽りを言ったのかどうか、あっしにはわかりません。あっしはお金をいただいて仕事を請け負いました。やっていることはとんでもないことだとわかっていますが、請け負った仕事はちゃんと果したいと思っています。もっとも、宇津木先生が邪魔をすることはわかっていますがね。氈右衛門さん、どうなんですかえ。自分を殺すように風斎に依頼したんですかえ」

「私だ。私が自分で自分を殺すように頼んだ」

やっと、氈右衛門は口を開いた。

「なぜ、ですかえ」

「私は労咳だと見立てられ、家族と離れて養生するように永井秀法から言われた。秀法は天下の名医だ。その見立てに疑いを差し挟む余地などなかった。子どもに会えないなら生きていても仕方ないと思ったんです」

「なぜ、自分で死のうとしなかったんですか」

「そんな勇気はなかった」

「でも、他人からいつ殺されるかわからないほうが恐怖は大きいのではないですか」

「おまえさんに、そのようなことを言われる筋合いはない」

甃右衛門はいらだったように言う。

「いいですかえ。あっしはあなたを殺すように依頼されたんだ。もし、依頼人があんたじゃなければ、これからも命を狙いますぜ」

「私だ。私が風斎に頼んだ」

「しかし、風斎は死んだ。それを確かめようがないんですよ」

「……」

「あっしはこうも考えているんです。風斎を殺したのは甃右衛門さんで。その上で自分が依頼したことを取り下げ、命を狙われる危機から脱しようとしたと」

「ばかな。伊根吉親分から聞いた。一幸堂風斎を殺した下手人が見つかったとな」

「そうです。ですから、風斎を甃右衛門さんが殺したというのは、あっしの考え過ぎだと思います。ですが、だからといって、甃右衛門さんが自分で自分を殺させたようとしたことにはなりませんぜ」

「なに？」

「ふつうだったら、事故死に見せかけるのに、あっしが、なぜ駕籠で帰る途中を襲ったかわかりますかえ」

「……」

「風斎が注文をつけたんですよ。はっきり、殺しだとわかるように殺せと。風斎が勝手にそんなことを命じるわけがありません。依頼人の注文です」

源次は甃右衛門に迫るようにきいた。

「なぜ、そんな注文を出したんですかえ」

「何かの間違いだ。私はそんなことを言っていない」

「甃右衛門さん。あっしはこれまでにも何度か風斎と仕事をしてきたんですぜ。甃右衛門さんに限って、風斎が勘違いをしたなんて言い訳は通用しませんぜ」

「……」

「どうなんですね。殺しとわかるように殺せと言ったかどうか。あっしにとっては、それが真の依頼人であるかどうかの決め手になります」

「甃右衛門さん。いかがですか」

新吾も口をはさんだ。

「宇津木さん。この男をなぜ、町奉行所に訴えないのですか」

甑右衛門が顔を紅潮《こうちょう》させた。

「源次さんは依頼を続けるかどうか迷って私に会いに来たんです。でも、ほんとうに殺し屋なのかどうか、私にはわかりません。もし、甑右衛門さんを襲えば、私はためらわず源次さんに立ち向かいます」

「甑右衛門さん。どうなんですかえ。あっしはほんとうの依頼人の言葉しか聞き入れません。殺し方の依頼をしなかったとしたら、甑右衛門さんが真の依頼人ではないことになります。甑右衛門さんを殺すように依頼した人間が別にいるということです」

「ばかな」

「あっしは依頼人の信用を裏切らないために、今後、甑右衛門さんを襲います」

「ばかな。私が依頼したんだ」

「信用出来ません」

源次はきっぱりと言った。

「宇津木先生。あっしに依頼したひとはどこかで仕事の成功を待っているはずです。依頼人の信頼を裏切ることは出来ません。これで腹が決まりました。では、あっしはこれで」

そう言い、源次は立ち上がった。

「待ってくれ」

翫右衛門が引き止めた。

「これ以上、言い訳はごめんです」

「依頼したのは私だ」

「残念ながら、あっしにはあなたの言葉が胸に響いてきません。では」

「源次さん」

新吾も呼び止める。

「宇津木先生。あっしは前金で報酬をもらっているんです。ひとの道に外れた行いかもしれませんが、信用だけは守りたいんです」

「また、参ります」

新吾は翫右衛門に言い、あわてて源次を追いかけた。

外に出て、源次に追い付く。

「源次さん。ほんきですか」

「翫右衛門が依頼人かもしれません。ですが、何か隠しています。自分で自分を殺させようとし、今度は殺しを取りやめる。だが、それだったら、ちゃんとわけを話すべきだ。それが出来ないのなら、命じられたとおり、約束を果たします」

「いけない。これ以上の殺生はだめです」

「宇津木先生。殺しと見せかけて殺すというのは、きっと誰かに罪をなすりつけるためですぜ。甃右衛門はあっしを利用して、誰かを道連れにしようとしたんですぜ。許せません」

いつしか浜町堀にやって来ていた。

「源次さん。さっきの話の続きを教えていただけませんか」

「続き?」

「『鶴の家』のおこまさんを身請けするのに二十両かかると言われたとき、一幸堂風斎から金儲けの話を持ち掛けられた。そこまでお聞きしました」

「……」

「おこまさんを身請けするために、風斎さんの話を聞いたんですね」

話の先を促すように、新吾は言う。

「ええ。殺しです。二十両くれると言うんです。その金があれば、身請け出来る。ひとを殺すってことに悩みましたが、このままならおこまは死んでしまいます。殺す相手はろくでもない男だというので、決心がつきました。今、元鳥越町《もととりごえ》の植木屋さんの離れを借りて養生してます。医者に診せても、いっこうによくなりません。それで、永井秀法のところに連れて行きました。高い金をとられましたが、はっきりしません。そしたら、高価だがいい薬があると言われました。その薬を手に入れるために、また風斎の依頼を引き受けたんです」

「その薬は手に入ったんですか」

「ええ。飲ませました。でも……」

「これから、おこまさんのところに行きましょう」

「これから」

「そうです。診てみましょう」

「わかりました。お願いします」

源次はすがるように言う。

浅草御門を抜けて、元鳥越町の植木屋の離れにやって来た。

暗い部屋で、女の荒い息が聞こえた。

「おこまさん。起きているかえ」

源次が声をかけた。

「はい」

　弱々しい声が返ってきた。

　源次が行灯《あんどん》の明かりを入れると、仄《ほの》かな明かりの中に女が半身を起こした。窶《やつ》れた顔は青白く、苦しそうだった。

「蘭方医の宇津木先生だ」

源次が言う。

「ちょっと診させてください」

新吾はおこまのそばに進んだ。

額に手を当てる。熱がある。眼球を調べ、舌などを調べた。それから、おこまの腹に手を当てた。枕元には血のついた紙が放ってある。

「失礼します」

新吾は胸に耳を当てたり、軽く叩いたりした。微かな異音を感じる。肺炎を起こしているのかもしれない。

「源次さん。これからおこまさんを深川の幻宗先生のところに連れて行きましょう」

「これから?」

「そうです。早いほうがいい。駕籠を呼んで来てください」

「わかった」

源次は離れを飛びだした。

「おこまさん。これから深川まで行きます。よろしいですね」

「はい」

おこまは頷いた。

幻宗を呼びに行くより、おこまが行ったほうが早い。それに、駕籠で揺られて深川まで行く体力はありそうだ。

そういう意味では秀法の弟子の治療も少しは効いていたのかもしれない。

駕籠がやって来て、おこまを乗せた。

新吾が付添い、両国橋を渡り、幻宗の施療院に着いた。

すぐに療治部屋に入れ、幻宗に診てもらった。

四半刻（三十分）後、幻宗の療治が終わった。

「もう、心配することはない。だが、しばらく、ここで暮らすように」

幻宗は源次に言った。

「へえ、ありがとうございます」

「源次さんも、今夜はここにお泊まりなさいな」

新吾は言い、幻宗に挨拶をして、引き上げた。

四

翌朝、新吾は深川の幻宗の施療院に向かった。

昨夜、遅く家に帰ると、吉野良範の使いがやって来たと、順庵が告げた。明日の夜に遊びに来いということだった。

永代橋を渡り、佐賀町から小名木川までやって来たとき、饅頭笠に裁っ着け袴の侍が立っていた。

「間宮さま」

間宮林蔵だった。

「これからか」

「まだ、幻宗先生の金主をお調べなのですか」

「役儀からではない。単に、知りたいだけだ。そなたも興味はあろう」

「しかし、幻宗先生が黙っている限り、私たちは知ることは出来ません」

「そうだな」

「すみません。先を急ぎますので」

「待て」

「何か」

新吾は立ち止まる。

「そなたは上島漢泉の娘と親しくしていたようだが、その後、どうした?」

公儀隠密の林蔵がそこまで調べていたのはさして不思議ではない。

「漢泉さまが引っ越しされてからお会いしてません」

「引っ越し先を訪ねてはないのか」

「ええ」

なぜ、林蔵がそんなことを言うのか、不思議に思った。

「一度、訪ねるべきだ」

そう言い残し、林蔵は永代橋のほうに行った。

なぜ、林蔵がこの時刻にこのような場所にいたのか。誰かを待っていたのだろうか。

新吾は幻宗の施療院に急いだ。高橋を渡ると、向こうから胴長短足の男がやって来た。薬の行商人という多三郎だ。だが、きょうの多三郎は旅装だった。

このような早い時間に施療院にやって来たのは、これから旅に出るための挨拶だったのか。

「多三郎さん」

新吾は声をかけた。

「どこかへお出かけですか」

「ええ、ちょっと」

「間宮さまが万年橋の近くにいました」

「……」

多三郎は表情を曇らせた。

「間宮さんは、多三郎さんをつけてきたのかもしれませんね。いえ、これから、あとをつけるのかも」

「気をつけます」

会釈をして、多三郎は脇をすり抜けようとした。

「多三郎さん。教えてください。幻宗先生はどこから施療院の元手を得ているのでしょうか」

「私は知りません」

「あなたはいつも先生のところにお金を届けているのではありませんか」

「いえ。私は頼まれた薬草を届けているだけです」

「先生は全国の山奥を歩き回っていて何かを見つけたのではありませんか。それこそ、幻宗先生の富の源」

「……」

「そうなんですね」

「宇津木さま」

多三郎は鋭い声で制した。

「私なんかにきくより、幻宗先生に直接お訊ねなさったらいかがですか」

「仰る通りです。でも、幻宗先生は話してくれないでしょう」

「先生が話せないものを、私が話せるわけはありません」

「そうですよね。失礼しました」

「いえ。では」

多三郎はしっかりした足取りで高橋を渡って行った。

新吾は施療院に急いだ。

施療院に着くと、さっそく幻宗におこまの症状をきいた。

「そなたの見立てとおりだ。肺炎を起こしていた。ひどくならなかったのは永井秀法どの投薬もそれなりにきいていたのでろう。時間はかかるが、治る」

「そうですか。よかった」

入院部屋に行くと、ふとんの中でおこまが目を開けていて、傍らに源次がいた。

「宇津木先生。おかげで助かりました」

源次が頭を下げた。

「とても気分は楽です」

おこまが言う。

「必ず治るそうです。安心して療養してください」

「ありがとうございます」

「では、またあとで」

「宇津木先生」

源次が廊下まで追いかけてきた。

「ちょっとお話が」

「わかりました。こちらに」

新吾は空いている部屋に源次を連れて行った。

差し向かいになってから、「おこまさんが助かるとわかった今、もう思い残すことはありません。あっしは自首します」

と、源次が切り出した。

「覚悟は出来ているんですね」

源次の言葉に予想がついていた。

「はい。すでに殺し屋はあっしだとわかっているようですし、逃げ隠れ出来ません。

それに、ひと殺しがいっしょにいたんじゃ、おこまさんを不幸にするだけです。ただ、
あっしが獄門台に首を晒したことをおこまさんに知られたくありません」

「自首をすれば、願いをきいてくれるでしょう」

「へえ」

「それから、翫右衛門さんが殺しとわかる方法で殺すようにと依頼したことは秘密に
していただけませんか。おそらく、源次さんが言うように翫右衛門さんは誰かに罪を
なすりつけようとしていたのだと思います」

「でも、誰を?」

「あとで直接きいてみます」

「じゃあ、これからあっしは自首して出ます」

「もう少し、おこまさんのそばにいてあげたらいかがですか」

「いえ、辛くなるだけです。おこまさんが助かるとわかってほっとした今、けじめをつけようと思います」

「そうですか」

「おこまさんには、仕事でしばらく旅に出ると言ってあります。宇津木先生、ありがとうございました」

「残念です。あなたのような方がそのような罪を……」

「きっとまっとうな人間になって生まれ変わってきます」

「そのときは、また会いましょう」

「へい。では、適当な時に出て行きますから」

源次は立ち上がった。

療治部屋で診察をはじめ、昼になって昼餉のための休憩をとって、新吾は入院部屋に行った。

おこまは休んでいたので、そのまま引き上げようとしたら、おこまが声をかけた。

「宇津木先生」

「あっ、起こしてしまいましたか」

「いえ。源次さん、旅に出ると言ってました。ほんとうでしょうか」

「なぜ、そんなことを？」

「なんだか、今生《こんじょう》の別れのような言い方をしていましたので」

「そうですか。源次さんは稼ぎになる仕事があるのでしばらく江戸を離れると言ってました。おこまさんが回復するとわかって、安心して出かけられると喜んでいました。おこまさんは自分の養生だけに専念してください」

「はい」

新吾は部屋を出て、おしんにきいた。

「幻宗先生に挨拶をして出て行きました」

「そうですか」

その日の治療を終え、施療院を出たとき、伊根吉と米次がやって来るのに出会った。

「宇津木先生」

伊根吉が近寄ってきた。

「源次が自首してきました」

「そうですか」

「もう、逃げきれないと観念したそうです」

「これで、すべて落着ですね」

「じつは、そうはいかねえんで」

「何か」

「風斎殺しで為三のやろうが嘘だと言い出したんでさ」

米次が口を入れた。

「嘘?」

「大番屋に幸次郎のかみさんと古川与兵衛とを呼び、為三に確かめたんです。そしたら、いきなり、現場を見たのは嘘でした。申し訳ないと言い出したんだ」

「そんなはずは……」

為三に何かあったのか。古川与兵衛に威されたのだろうか。

「俺は嘘つき為三だとふてくされていた」

「それで古川与兵衛はどうなったのですか」

「返した。本人も否定し、為三もみていないと言うんじゃどうしようもねえ」

伊根吉は口惜しそうに言ったが、口ほどに表情は厳しいものではなかった。そのことに、新吾はおやっと思った。

「親分。幸次郎のおかみさんはどんなおひとですかえ」

「うむ、おとなしそうな女だ」

「亭主の仇《かたき》を討とうとするような人間には見えなかったんじゃないですか」

「まあな」

伊根吉は顔をそむけるように言う。

「なるほど。ほら吹き為三ですか」

新吾はにやりと笑った。

「親分の裁量ですね」

「なにがだ？」

伊根吉は不機嫌そうに言う。

「いえ。わかりました。ほら吹き為三の言うことを信じた私の間違いでした。かえって、親分によけいな仕事をさせてしまい、申し訳ありませんでした」

「いや、そんなことはありませんよ」

伊根吉はあわてて答える。

「じゃあ、あっしらはこれで」

伊根吉と米次は引き上げた。

伊根吉は幸次郎のかみさんに同情したのに違いない。それで、見たことは嘘だったと為三に言わせたのだろう。

殺された風斎は幸次郎を殺してまでかみさんを自分のものにしようとしていたのだ。そんな男に同情の心は湧かなかったのだろう。

伊根吉と米次のあとを追うように、新吾は歩きはじめた。

家に帰り、部屋に入ると順庵がすぐにやって来た。

「新吾。入るぞ」

順庵は部屋に入るなり、「さっきまで、『美濃屋』の主人が来ていた」

と、言い出した。

「翫右衛門さんですか」

「そうだ。今後、往診を頼みたいということだった。新吾、そなたを名指しでな」

「往診……」

「今までは表御番医師の永井秀法どのに往診をしてもらっていたそうではないか。それがわしのところに変えると言うのだ。こんな、よい話はまたとない」

順庵はうれしそうに言う。

「そのことで、明日、家に来て欲しいと言っていた」

「そうですか」

「あのような大店を患家に持つことは願ったり叶ったりだ。これも、吉野良範どののご威光か」

「義父上。良範さまとのことは甃右衛門さんは知りませんよ」

「それはそうだが、でも、吉野良範どのとお会いしてから運が向いてきたのは事実だ」

　順庵は無邪気《むじゃき》に喜んでいる。

　一時は上島漢泉一辺倒だったが、今は吉野良範べったりだ。その変わり身の早さには呆れるしかない。

「そうそう、明日の夜、良範どののところに行くぞ」

　順庵ははしゃぎながら部屋を出て行った。

　甃右衛門はすべてを話す気になったのか。それとも源次の襲撃があるかもしれないとおののいているのか。

　源次が自首したことを知れば、安心するだろう。

　甃右衛門はなぜ、風斎に自分の殺しを依頼したのか。それも、明らかに殺しだとわかる方法を指示した。

　誰かに罪をなすりつけようとしたのだ。その人物の名は甃右衛門の妹の子彦次郎に預けた手紙に記されていたのだ。

もし、翫右衛門が殺されたら、その手紙が開かれ、そこに書かれた人物が殺しを依頼したことにされた。だが、翫右衛門は誤診だったために命が助かった。だから、手紙を回収したのだ。

その相手には想像がついている。おそらく、翫右衛門は大なたをふるったに違いない。すべては明日わかる。

ふとんに入っても少し興奮していて、新吾はなかなか寝つけなかった。

五

翌朝、新吾は『美濃屋』に翫右衛門を訪ねた。

きょうは新しい女中に案内され、中庭に面した部屋に通された。いつもより、屋敷内が静かな気がする。

待つほどのこともなく、翫右衛門がやって来た。

「宇津木先生、お呼び立てして申し訳ございません」

「いえ。きのうは留守してまして」

「順庵どのにお願いいたしましたが、今後は宇津木先生に往診を……」

「永井秀法どののほうはだいじょうぶなのですか」

逆恨みをされて災難を蒙《こうむ》るようなことはないのかと心配した。

「はい。その点は問題ありません」

「そうですか」

甃右衛門の表情から険《けん》のようなものが消えている。その代わり、寂寞《せきばく》とした雰囲気が漂っている。

屋敷内の静寂を思いだし、新吾はあることを察した。

「不躾《ぶしつけ》なことをお伺いいたしますが、もしやお内儀さんは……」

「はい。出て行きました。子どもを連れて」

「そうですか」

甃右衛門が追い出したのだと思った。

「そのことが……」

新吾は言いさした。

そのことが、殺し屋に自分を殺させようとした理由だときこうとしたのだ。だが、その前に伝えておくべきことがあった。

「甑右衛門さん。殺し屋の源次が自首しました」

「えっ？」

「源次はある事情から一幸堂風斎に手を貸していましたが、懸念していたことに見通しが立ち、自首を決断したのです。風斎から、甑右衛門さんを殺すように頼まれたことで、よけいな注文を受けたことは言わないと言ってました」

「……」

「これで、災いはなくなったと思います」

「そうですか」

甑右衛門は頭を下げた。

しばらく、口をつぐんでいたが、甑右衛門はふと顔を上げた。

「私は前の女房を病気で亡くしたあと、柳橋の船宿で女中をしていたおたきを後添《のちぞ》いにしました。二十歳のおたきは美人で船宿でも人気者でした。私は年甲斐《としがい》もなく夢中になりましてね」

甑右衛門は勝手に喋りだした。

新吾は黙って聞いた。

「所帯を持って一年目に、男の子を産みました。私には子どもは授からないものと諦めていただけに、喜びはひとしおでした。跡取りが出来たのですから」

当時を懐かしむように、甃右衛門は口許に笑みを浮かべた。その笑みは一瞬で消えた。

「子どもが大きくなるにつれ、私は何かしっくりいかないものを感じはじめました。やがて、子どもが私に似ていない。それどころか、ふとした仕種《しぐさ》や目の辺りが、永井秀法に似ているように思えてきたのです」

甃右衛門は大きく息をし、「後添いで家にやって来たとき、おたきが体調を崩したとき、永井秀法に往診に来てもらいました。そのときから、ふたりは出来ていたようです」

甃右衛門は自嘲ぎみに笑い、「そんなことに気づかず、私は仕合わせいっぱいで逆上《のぼ》せあがっていました。でも、子どもが自分の子ではないと疑い出してからは、私は夜も眠れず、食欲もなく、ちょっとしたことにもいらつくようになりました。そして、風邪を引いたあと。なかなか咳がやまず、あるとき痰に血が混じっていたのを見て、おたきが労咳かもしれないと言い、秀法を呼んだのです」

また、甃右衛門はため息をついた。

「診察した秀法は労咳だと言いました。このままでは周囲も病になりかねないからと、転地養生を勧めました。まさか、秀法が誤診しているとは想像もしません。私は病状から言っても労咳だと信じてしまいました。それで、私は別の場所で養生することを余儀なくされ、深川に転地先を探し回っているとき、富ヶ岡八幡宮前で辻八卦をしている風斎に声をかけられたのです」

屋敷内はほんとうに静かだ。そういえば、今までは子どもの声がときたま聞こえていたことを思いだす。

「何度か会ううちに、風斎が殺し屋の仲介をしていると知り、私は殺し屋に自分を殺させ、その罪をおたきと秀法になすりつけようとしたんです。私が死ねば、秀法の子どもに『美濃屋』はとられてしまう。そのようなことはさせたくなかったのです」

「やはり、彦次郎さんに託した手紙には……」

やっと、新吾は口をはさんだ。

「そうです。子どもは秀法の子であること、そのことを知った私をおたきが殺し屋を使って殺そうとしている。自分が殺されたら、町奉行所に届けるようにと書き記しました。もちろん、『美濃屋』は彦次郎に託するとも。もともと、おたきに子どもがないときは、彦次郎を養子にするつもりでしたから。でも」

甑右衛門は首を横に二度振った。

「あのような予期せぬことが起きるとは思いもしませんでした。私が血を吐いて倒れ、幻宗先生の施療院に運び込まれ、労咳ではなかったと聞かされたときには耳を疑いました」

「……」

「死期が迫っているわけではなく、転地の必要もないとわかって、私はあわてて風斎に殺しの依頼をとりやめようとしたのに会えません。まさか、風斎が死んでいたとは思いもしませんでしたから焦《あせ》りました。もし、あのとき、宇津木先生に助けていただかなければ、私はどうなっていたか」

「でも、お内儀さんを離縁なさるとはずいぶん苦しい決断だったのでしょうね」

「いえ。今も、秀法との関係が続いているとわかっていましたから」

「そうですか」

「それに、労咳というのは誤診ではなく、意図して見立てたことだったはずです。このことは高野先生の想像通りでした」

「高野さんがそのようなことを？」

「はい。あのお方は何もかもお見通しのようでした。秀法はわざと労咳だと見立てたのだと言っていました」

長英はすでにことの真相を摑んでいたのだろうか。

「長英、いえ、高野さんは他に何か」

「ええ。いずれ、宇津木先生が真相を摑むだろう。あの男に任せておけば心配はいらないからと」

「そのようなことを？　でも、いつ高野さんは翫右衛門さんに会いにきたのですか」

「江戸を離れる前です」

「江戸を離れる前……」

「はい。路銀を融通していただけないかと仰られて」

「路銀？」

新吾はあっと思った。日本橋まで見送ったとき、路銀の心配をすると、だいじょうぶだと言っていた。翫右衛門からもらっていたのか。

「ちなみにどのくらい？」

「五両と仰られましたが、お世話になったお礼をかねまして十両を差し上げました」

「なんと、十両」

新吾は啞然《あぜん》とした。

「いいえ、私の気持ちですから」

長英は不思議な男だと、改めて思った。

「では、これから何かあったら、私か義父が往診に参ります」

そう言い、新吾は立ち上がった。

格子戸を開けて外に出ると、半纏姿の男がやって来た。色白の顔に逆八文字の黒々とした眉。建具師の佐吉だ。

「これは宇津木先生じゃありませんか」

「佐吉さん、どうしてここに?」

「へえ。『美濃屋』の旦那に呼ばれました」

「そうですか。ひょっとして、『美濃屋』さんの障子と襖の張り替えなどを」

「じつは、旦那がこの近くに家を借りてくださるそうで」

「家を?」

「広い作業場を用意してくださることになったんです。あっしは遠慮したんですが、ぜひそうさせてくれと仰いまして」

「それはよいことではないですか」

「ありがたいお話ですが」

「いいえ。翫右衛門さんはあなたに感謝しているのですよ」

「当たり前のことをしただけなのに、かえって恐縮しています。じゃあ、失礼します」

佐吉は翫右衛門の家に入って行った。

新吾は家に帰ると、順庵に、「義父上。出かけてきたいところがあるのですが、少しお暇をいただけませんか」

「まあ、いいが、夕方は出かける。それまでにかえってくるのだ」

「わかりました」

新吾はすぐに家を出た。

間宮林蔵が漠泉のところを一度訪ねるべきだと言っていた。なぜ、林蔵がそのようなことを言い出したのかわからないが、新吾は気になった。

木挽町の漠泉の屋敷に行った。もしかしたら、漠泉や香保が戻っているかもしれないと思ったのだ。

しかし、門は閉ざされており、ひとが住んでいるような気配はなかった。

引き上げようとしたとき、門が開き、大工の棟梁のような貫禄《かんろく》の半纏姿の男が出てきた。

「恐れ入ります」

新吾は近づいて声をかけた。

「へい」

「このお屋敷、修繕でも？」

「へえ。改築するんです。失礼ですが、どちらさまで」

「私は以前、こちらに住んでいらした上島漠泉さまの知り合いのものです。ひょっとしたら、漠泉さまがこちらにお戻りではないかと思ったのですが」

「いえ。ここは新たに酒問屋になるそうです」

「酒問屋？」

新吾は聞き違えたのかと思った。

「ここは漠泉さまのお屋敷ですよね」

「ええ。なんでも深川にある酒問屋が買い取ったって話です。場所がいいので引っ越すそうです」

新吾は礼を言って棟梁と別れ、芝に向かった。

新橋《しんばし》を渡り、神明町にやって来た。自身番に寄り、上島漠泉の住まいをきいた。ちょうど、詰めていた家主が、「漠泉どのがここに新たに住まいを探しているという話はありましたが、結局、ここには来ませんでした」

「来ない？　漠泉さまは来なかったのですか。娘の香保さまはどうしたのでしょうか」

「どなたもいらっしゃいません」

「どこにいらしたかわかりませんか」

「いや、私らではわかりかねます」

桂川甫賢の弟のほうに引き取られたのだろうか。

新吾は悄然《しょうぜん》と帰路についた。

家の前にやってくると、妙な男が入り口を覗いていた。その小柄な後ろ姿で誰かすぐわかった。鞴《ふいご》を持ち、鍋、釜を肩からぶらさげている。

「為三さん」

びっくりしたように、為三は振り向いた。

「あっ、宇津木先生」

「どうしました？」

「へえ、どうも」

「入りませんか」

「いえ、あっしは商売の途中ですから。ひと言、お詫びしなきゃならねえと思って」

「お詫び？」

「へえ。風斎殺しの件で。へえ、あっしは見たなんて言いましたが、嘘だったんです。なにしろ、あっしはほら吹き為三ですから」

「伊根吉親分からほら吹き為三のままでいてくれと言われたんじゃないですか」

「そうじゃねえ。あっしの一存で。あっ」

「やはり、そうだったのですね」

「へえ。あのままじゃ幸次郎のかみさんがあまりにも可哀そう過ぎますから」

「ほら吹き為三。いいじゃないですか。とても素敵ですよ」

「へえ。先生にそう言っていただいてほっとしました。これで、安心して商売していけます」

為三はにやりと笑って鍋と釜をかたかたさせて去って行った。

夕方になって、新吾は順庵とふたりで神田佐久間町にある吉野良範の屋敷を訪れた。

良範は喜んで迎え、お園もきれいに着飾って出てきた。

最初は、お園が琴《こと》を奏でてくれた。弦を弾くお園の姿は優雅で美しいと思った。だが、芸者の三味線に聞き入る香保の姿が脳裏を掠めた。

そのあと、酒宴になって、お園の酌で酒を呑んだ。お園の母親も年より若く見え、順庵も心が浮き立っていた。

「お父さま」

お園がふと良範に声をかけた。

「今、駒形《こまがた》の家は使っていないんでしょう」

「ああ、あそこか。使っていないな」

「あんなに広い家、もったいないわ。新吾さまに使っていただいたら」

「なるほど。それはいいかもしれぬな」

「どういうことでございましょう?」

順庵が身を乗り出した。

「わしの別宅が駒形町にもある。特に使っていないのだ。いずれ、そこに施療院を作ったらどうだ?」

「施療院ですか」

新吾はきき返す。

「そうだ。幻宗どのの施療院と同じものを作ればいい。いまの医院は順庵どのがやればいい。順庵どのはいずれ御目見医師となろう」

「ま、まことで」

順庵は小躍りしそうになった。

「富裕な患者を順庵どのが診て、貧しい患者を新吾どのが診る。素晴らしいではないか。どうだ、お園はそういう施療院で暮らせるか」

「もちろんですわ。なんでもお手伝いいたします」

お園は素直に目を輝かせる。

「ありがたいお話ですが、私はまだまだ修業中の身です。まだ先のことになります」

「うむ。それを目指して、幻宗どのからいろいろ学ぶのだ。医術はもとより、施療院を続けていくための智恵も教えてもらわねばならぬ。特に、金の面だ」

良範父娘はまるで新吾のためになんでもしてくれるように思えた。お園と結婚すれば、自分の思い描く医者の道が進めそうだった。

そんなありがたい話を聞きながら、新吾は香保のことが頭から離れなかった。木挽町の屋敷が人手に渡り、芝神明町にも移り住んだ形跡がない。いったい、漠泉と香保に何があったのか。

新吾は香保のことを考え、心がざわついていた。

本作品は書き下ろしです。

双葉文庫

こ-02-20

蘭方医《らんぽうい》・宇津木新吾《うつぎしんご》
別離《べつり》

2016年7月17日　第1刷発行
2020年2月　3日　第2刷発行

【著者】
小杉健治《こすぎけんじ》

【発行者】
箕浦克史
【発行所】
株式会社双葉社
〒162-8540 東京都新宿区東五軒町3番28号
［電話］03-5261-4818(営業)　03-5261-4840(編集)
www.futabasha.co.jp
(双葉社の書籍・コミックが買えます)
【印刷所】
大日本印刷株式会社
【製本所】
大日本印刷株式会社
【CTP】
株式会社ビーワークス

【表紙・扉絵】南伸坊
【フォーマット・デザイン】日下潤一
【フォーマットデジタル印字】恒和プロセス



ISBN978-4-575-66786-8 C0193
Printed in Japan

父と子の旅路

小杉健治

青年弁護士・祐介のもとに、彼の両親を殺害した死刑囚の再審という依頼が来た……。感動の法廷ミステリー。

本体六四八円＋税

検事・沢木正夫　公訴取消し

小杉健治

沢木検事は、被疑者の些細な言動に疑問を持ち、事件の洗い直しを始める。「検事・沢木正夫シリーズ」第一弾！

本体六八六円＋税

検事・沢木正夫　第三の容疑者

小杉健治

殺人事件の公判中、被告の支援者が別の殺人事件容疑者に‼「検事・沢木正夫シリーズ」第二弾！

本体六六七円＋税

検事・沢木正夫 共犯者

小杉健治

実行犯を操る男は、なぜ完璧なアリバイづくりを放棄したのか!?「検事・沢木正夫シリーズ」第三弾!

本体六五七円+税

検事・沢木正夫 宿　命

小杉健治

容疑者女性がひた隠す秘密。それは沢木の運命をも変えるものだった!「検事・沢木正夫シリーズ」第四弾!

本体六五七円+税

本所奉行捕物必帖 浪人街無情

小杉健治

不平不満を抱えた浪人たちが集まる無法地帯「本所魔界地」。兄の遺志を継ぎ、秀次郎は密偵として潜りこんだ。

本体六二九円+税

## 家族

小杉健治

ホームレスの男が認知症の老女殺害で起訴された。裁判員のみな子は、老女の息子による嘱託殺人との疑念を抱く。

本体六四八円＋税

## 保身

小杉健治

県警幹部の犯罪を見逃せば、殺人犯をもとり逃がす。ひとりの刑事に迫られた決断――守るべきは組織か正義か⁉

本体七〇五円＋税

## 残り火

小杉健治

連続通り魔殺人の容疑者青年の弁護に立ちあがった老弁護士――。衝撃の結末が話題を呼んだ傑作ミステリー！

本体六五七円＋税